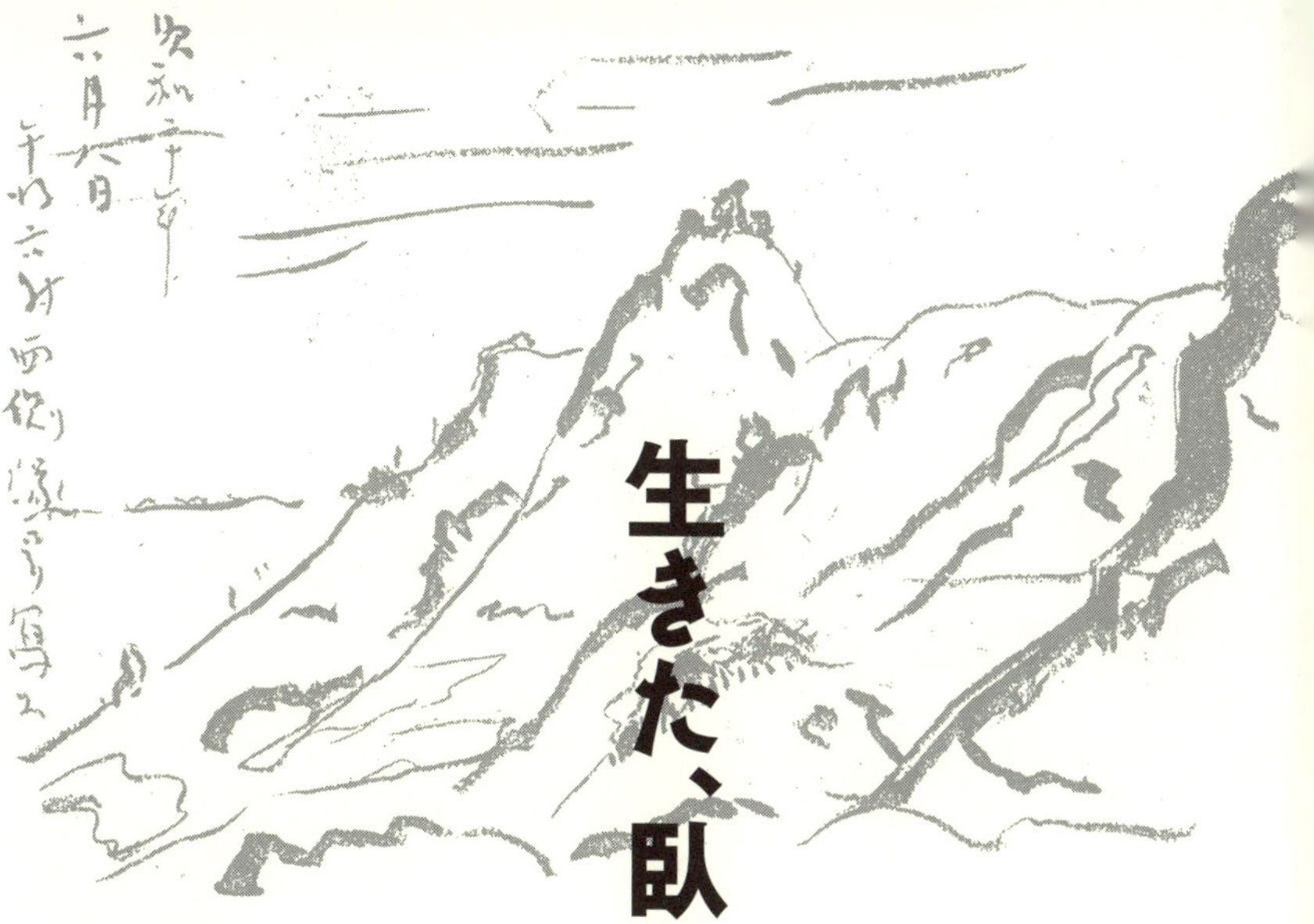

Maeyama Mitsunori
前山光則

生きた、臥た、書いた

淵上毛錢の詩と生涯

弦書房

〔装丁・カバー題字〕毛利一枝
〔カバー表版画〕高橋輝雄
――『淵上毛錢詩集』(青黴誌社、昭和二十二年刊)から
〔カバー裏文字〕淵上毛錢(『詩想蝶』から)
〔本扉画〕淵上毛錢(『詩想蝶』から)

目次

はじめに　7

第一章　悪童・淵上毛錢……13
火野葦平が描いた淵上毛錢像　13
ゆう来て呉れたない　21

第二章　山之口貘との出会い……29
熊本から東京へ　29
ハンロー・小野八重三郎・芥川龍之介　32
山之口貘と出会う　44
不定職インテリゲンチャ・山之口貘　48

第三章　詩人の誕生……54
歩けなくなる　54
「九州文学」に登場　60
蝶々と地獄の金魚　65
同世代の人たち　72

菊盛兵衛という名の詩人　77
百姓もまた　82

第四章　病床詩人と戦争……90

病床にあって最も近しいものは　90
喬の内なる大きな変化　97
山之口貘から影響は受けたが　102
詩集『誕生』出版　108
『誕生』一冊の蔵するもの　111
続・『誕生』一冊の蔵するもの　117
詩集出版こぼれ話　123
「主婦之友」に俳句が入選　128
深まる詩境　130
戦時下の熱い空気の中で　135

第五章　戦火を避けながら……146

戦時下の三三九度　146
空襲を受ける　154

戦時下、思いを記す　160
「詩想蝶」の俳句　166

第六章　「淵上毛錢」の誕生……171

芋錢を愛敬してゐるので　171
古川嘉一と毛錢　179
音楽教師を駅に迎えた者は？　188
「毛錢詩稿帖」　193
三島由紀夫らの『淵上毛錢詩集』評　202

第七章　水俣に淵上毛錢あり……212

山之口貘が見舞いに来る　212
詩とはこう書くもんですよ　219
とんちん亭開店　226
片道さへも十万億土　233

第八章　毛錢命日に……242

わらび野の秋葉山にて　242

「とほせんぼ」で方言談義 246
「山へあがる」を読み返す 250

毛銭の詩ごころ……255

水俣で「寝姿」について考えた 255
デビュー作「金魚」 259
友情の証《あか》し「誕生」 262
「背中」の象徴するものは 265
俳句と毛銭 268
「再生」と「幼時四季」 271
「縁談」の中の小宇宙 274
「とほせんぼ」の度胸の良さ 277
「鰯」――海の葉っぱへの声掛け 280
「柱時計」――覚悟し得た者の詩 282

淵上毛銭年譜 288
あとがき 297
引用文献一覧 300／詩・エッセイ・俳句索引 305／人名索引 308

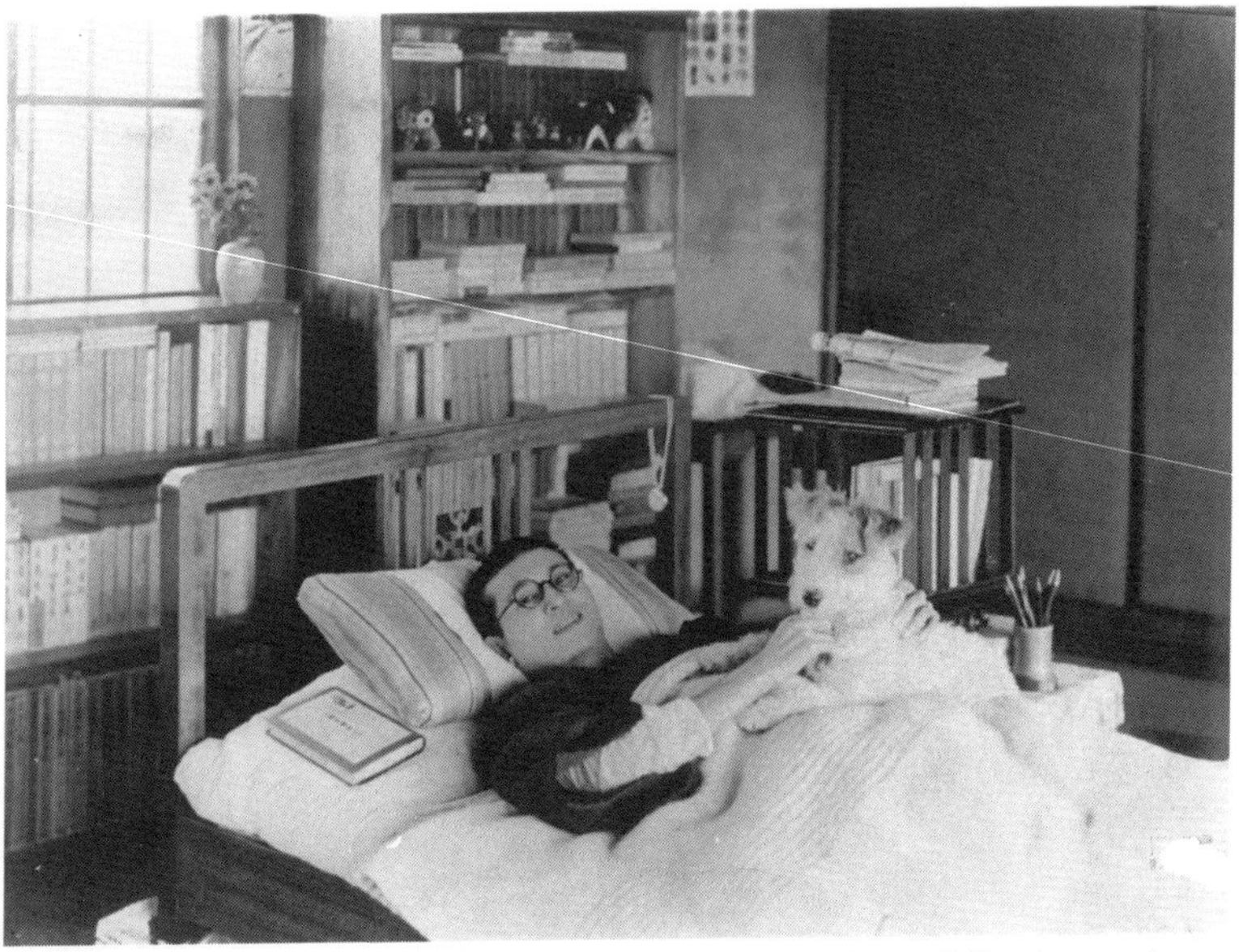

病床の淵上毛錢（昭和16年初冬）。毛錢は昭和13年から寝たきりの状態になっていた
（熊本近代文学館蔵）

はじめに

熊本県の一番南、鹿児島県と境を接する水俣の町で大正四年に生まれ、少年の頃は悪ガキで、ハーモニカが好きで、東京へ出てからはチェロを弾きつつ遍歴を重ねた。不規則な生活を続けるうちに結核性股関節炎という病いを得てふるさとの家で臥《ね》たきりとなるが、やがて闘病しつつ詩を書き、俳句も詠んだ。昭和二十五年、三十五歳の若さで逝った。生きた、臥た、そして書いた。そのようにドラマチックな生涯を送った詩人、淵上毛錢。

わたしは、水俣の一隅にこういうユニークな詩人がいたことについては、二十歳になったすぐの頃に初めて知った。以来、折りに触れて毛錢の作品に接することがあったが、別段興味を抱いたりはしなかった。ただ、分かりやすい言葉で書かれた作品ばかりなのですんなりと読んで、頷き、しかしながらそれ以上の思いが湧くわけでもなく、いわば素通りするだけであった。それが、十七年ほど前、毛錢の詩を一般に広めるための精選詩集を作ることになって、編集者のような立場で全作品に目を通したところ、とてもおもしろくて正直ビックリした。以前どうして感応しなかったのだろう、と自分自身を訝《いぶか》ったほどであった。当然編集作業にも熱が入り、一年半ほどかけて一冊作り上げたのであった。

「毛錢」という号の響きがなんとなく古風で、昔の文人墨客みたいな印象を抱いてしまう人がいるかも知れない。しかし作品を読むと、いやいや、違う。

じぶんのすること、
したことが、いつさい、
らく書きのやうで、
たまらない、ああ、
ほんとに、
雨はえらいなあ。
一生けんめいぢやないか、
雨やい、おまへは
いつから神さまに
なつたんか。

「雨」という題の詩であるが、この短い一編をチラリと見るだけでも毛錢がみずみずしい知性と感性とを持ち、誰にでも分かる生きたことばを駆使していたことが分かるだろう。今の時代にあってもたいへん新鮮。しかも毛錢は「雨やい、おまへは／いつから神さまに／なつたんか」と屈託なく目の前の風物と対話できる人だった。

雲が
こどもを産んでゐる

たった二行の「風」というこの詩は、一行目と二行目との間が空けてあるから実質的には三行の詩と言ってよいかも知れない。風がよく吹く日で雲の動きも早かったろう。大きくなったり、小さくなったり、細まって行ってついにちぎれたりもしたであろうか。そんな中、雲が二つだか三つだかに分かれていく場面があったに違いなく、それをすかさず捉えている。雲の動きの一場面を「こどもを産んでゐる」などと言ってみせるのだから、詩ごころの鋭さ・豊かさを発揮して自由に大自然の中に溶け込んでいっているわけである。

方言で書かれた詩「河童《がらつぱ》」、これがまた活き活きしている。

河童がおるち　うそじやろない
おらじやま　おつとたい
去年も誰《だつ》てろさんが
がらつぱに尻かかじられて
うんぶくれたがね

がらつぱに皿の　あるちゅうが
ほん（本当）じやろか　ほんたい
わらび野の健三どんな　いつじやいろ
がらつぱの皿ば
拾たちぞ

がらつぱ　がらつぱ　聞こえんとか
あんたの皿ば　くれんかな
たつた一枚で　よかつじやが
くるれば来年からは
石しやくらせん

毛錢は東京でさんざん青春遍歴をやらかした経歴を持つから、水俣の方言でいえば「高ざれき」つまり放浪者的な資質だったかと思われがちだ。確かにそのような傾向があったのだろうが、しかし一方でこのように土着的なものへの親和感も隠さず表現したのである。この詩の場合、地元の人たちにとっては自分たちの普段に使う言葉で書かれているので嬉しいだろう。よその人には方言が理解しづらかろうが、しかし詩全体にみなぎる飾り気のない土臭さは妙に魅力的であるはずだ。毛銭は水俣という土地の精霊や人物・風物をよく見て感じとり、しっかりと言葉で紡ぎ上げた。そう言えるのではなかろうか。

美しいものを
信じることが、

いちばんの
早道だ。

ていねいに生きて
行くんだ。

（「出発点」）

毛銭は病いとの悪戦を闘いながら、生と死を見つめつづけた。詩作や句作は、美しいものを信じ、一日いちにちを丁寧に生きたことの何よりの証《あか》しだったと思える。

今年（二〇一五年）は淵上毛銭が生誕してちょうど百年目に当たる。亡くなってからだと、六十五年目。そのように時間が経っていながら、今も男女の別や年齢に関係なく毛銭ファンが存在する。その名が広く知られているわけではないものの、理解ある老若男女からしっかり支持されていると思う。それは、なぜだろう。わたしなどは、三十五歳の若さで逝ったこの毛銭について年齢を重ねてから初めて強い共感を抱き、精選詩集を編集したが、それで終わりとはならなかった。若いうちはピンと来なかったフレーズの数々が、年齢を重ねるほどに否応なく心に沁みいってくる。さらにもっともっと毛錢の世界へ分け入りたくなり、こうして評伝執筆に取り組むに至ったのである。

毛錢の詩世界はいつも新しい。広いし、深い。そんな気がしてならない。

第一章　悪童・淵上喬

火野葦平が描いた淵上喬像

昭和初期から三十年代半ばにかけて活躍し、「麦と兵隊」「糞尿譚」等の作品を遺した作家・火野葦平に、詩人・淵上毛錢（本名、喬）の一生を描いた「ある詩人の生涯」という小説がある。四百字詰め原稿用紙で約百三十枚ほどの作で、毛錢について今まで色んな人たちが書いている中、これは最もまとまりのあるものと見なすことができる。

さてこの「ある詩人の生涯」の始まりの部分で、火野葦平は「喬は小学校に通ふころから、すでに『新屋の腕白坊ちゃん』の名をかち得た」として次のような場面を描いている。

寒い日の昼下り、芝居の町廻りがやつて来る。楽隊が鳴りわたり、幟《のぼり》の列がつづき、すこし先をかけ廻る半纏姿《はんてんすがた》の男は糊をつけた広告紙をべたべたと家々の壁に貼つて行く。町の人たちが顔を出す。町の人たちは見つける。ドンガ、ドンガ、ドンガラガッタンとジンタの音に歩調を合はせて、十本ほどの幟をかついで行くのはみんな子供だが、その先頭に喬がゐるのである。喬を取りあげたおヤモ婆さんがそれを見つけた。おヤモはあわてて「新屋」に駆けこんだ。

「奥さん、お宅の坊ちゃんが楽隊の旗ば、一番まつさき、かためつ行きよんなはるますばい」

正月大根を下させてゐた母タネはおどろいて、すぐに下男の留次を迎へに走らせた。そして、おヤモを眺め、ためいきをつくやうないひかたで呟いた。

「ほんにあの子にや困つとつとですけん」

喬を見つけた留次がどんなにいつたところで、喬は帰らうとはしない。留次の方も喬がすなほにいふことをきく子供でないことは百も承知してゐる。喬の掌には判が押してある。幟をかついだ代償で、それを見せれば芝居小屋の木戸口が無料で通れるのだつた。


描かれているところは、熊本県の中で一番南に位置して鹿児島県出水市と接する海辺の町、水俣である。

淵上家は屋号を「新屋《あたらしや》」といい、水俣川に沿った陣内《じんない》（現在は陣内と表記）という町内にあって土地の名門だった。父は淵上清（大正九年に吉清と改名）、母親は夕子《たね》といって、八代の松井家の侍医・松尾純齊の次女である。間に六人の子がいたが、毛錢つまり喬《たかし》は姉・代美《よみ》、兄・潮《うしお》、姉・千寿《ちす》に次いで四番目で、大正四年一月十三日に生まれている。父が三十八歳、母三十七歳のときの子である。喬の下には妹の千美《ちみ》、弟の庚《かのえ》がいた。四番目の子である喬は、六人兄弟姉妹の中で性格的に毛色が違っていたという。火野の小説に書かれたようなことを率先して楽しむのであれば、確かに「腕白坊ちゃん」である。これは喬少年が尋常高等小学校に上がる頃の話で、時代は大正の十年頃

水俣遠景

ということになる。あの頃、旅芝居の宣伝隊にゾロゾロとついて行く子たちは多かったはずだ。ただ、そのようなことをするのは庶民家庭の子たちで、良家の子女は果たしてどうだったか。行儀悪いことはしてならぬとの躾《しつけ》に縛られていたかも知れぬので、そんな中、淵上喬少年はそうした枠をとび越えて遊びまわる子であった。しかもこの少年は、腕白なだけではなかった。

御飯時、きちんと食事に帰つたことがない。四時ごろ、「ひもじか」といつてどこからか帰つて来ると、から藷《いも》とネンガラとを懐に一杯入れて、裏口から田圃の方へ駆け出して行く。何度夕食に呼びにやつても帰つて来ず、日が暮れてやつと帰ったのを見ると、顔や手足は勿論、着物も下駄も泥だらけにしてゐる。母は見せしめのために漬物《つけもの》小屋に入れた。タネはそつと戸の前に寄り添つて中の様子をうかがつた。中からカンカンと醤油瓶《しょうゆがめ》をたたく音がする。

「おつ母さん、俺《おる》ば出さんかな。出さんば、この醤油瓶ば叩き割るばい」

タネはあわてて、小屋の戸を開けた。

大人よりも知恵を働かせることのできる子である。火野はこの小説の別の箇所で「喬は一生名門の亡霊とたたかひ通した」と言っているが、そうした気配はすでにこの頃から確実に芽生えていたのかも知れない。ちなみに父親はこの小説では昭和十年に死去したことになっており、『淵上毛錢全集』収載の年譜でもそうなっているが、実際には違う。父親は大正十年、喬がわずか六歳の時に四十四歳で逝っている。まさしく喬が芝居の町まわりを追っかけたり、叱られて漬物小屋に閉じこめられたりしていた頃に父親を亡くしていることになる。その前年には祖父の吉敏が亡くなっているので、だからそれ以後の母親は大人の男のいなくなった家庭を切り盛りしながらさぞかし苦労の多いことであったろう。

火野が描いた腕白知恵者の淵上喬像は、おおむね事実そのものに基づいていると見ていい。それと言うのも、喬の先輩であり、戦前・戦後を通じてオペラ歌手としても俳優としても活躍した深水吉衛は、「始終」別冊（第五冊）に「せんだんの実」と題するエッセイを寄せており、その中で小説に出てくる旅芝居の宣伝隊について行く話も漬物小屋でのこともちゃんと、火野の記述よりも詳しく綴っているからである。深水のエッセイの最後は、母親があわてて小屋の戸を開けて喬が出て来た時、「坊ちゃんの懐から青臭いせんだんの実の匂ひがした」と結ばれていて、火野の小説よりも一段とリアリティがある。ただ、火野の方が文筆の専門家で、無駄なく要領を得たまとめ方ができているのである。ちなみに、深水吉衛は、もともとは総庄屋の子孫。かつては深水家の会所が淵上家と同じく陣内にあったが、吉衛の頃にはなくなっており、吉衛自身は水俣駅近くの「八ノ窪《はちのくぼ》」で育っている。深水は「詩雷」第三輯に寄稿した「淵上毛錢の反逆精神」の中でも漬物小屋のことや九州学院時代のエピソード等、「ある詩人の生涯」に出てくる話を書いている。「小学校に上つてからの彼は、手がつけられないと云ふのがいちばん彼の行跡を云ひあらはしてゐる言葉であらうか、異性への知識も「メンスなど、私など知つたのは、ようやく結婚してからだが、彼は中学一年で、もう、それを知つてゐた」等、後輩を良く知る人間ならではの記述も読むことができる。深水は戦時中水俣に疎開するが、空襲に遭った際に妻が亡くなってしまう。そして昭和二十二年十一月に再婚する。再婚の相手は火野葦平の妹さとみであり、婚礼披露宴は『淵上毛錢詩集』出版の祝賀会も兼ねて水俣の淵上家で行われている。そんなわけで、火野の小説の材料はこの深水からずいぶんな量で仕入れてあるものと考えてよい。

幼少年時代の腕白ぶりは自分でも認めており、後に病床に臥してから東京時代の恩師である小野八重三郎へ宛てた便りの中でしばしば昔のことを披瀝《ひれき》している。たとえば水俣の海岸寄りに湯の児《ゆこ》温泉があるが、そこの大きな旅館には借金したままだ、しかしそこは「オヤヂを知つてゐるので催促にも来ません」とか、湯の児には馬場があって、そこへ遊びに行った帰りにはよくサツマイモを盗んで「馬と共に食つた」というのである。あるいは、水俣の山間部、湯の鶴温泉の絵葉書で便りを出していて、幼い頃のことを書き記している。

こちらの方が温泉らしくてよろしいです。幼い時毎年一家で避暑に行つたことが思ひ出されます。一番手前の家がそれで、ここの湯壺に小便をして皆で大騒ぎして大きな湯壺を総洗ひしたといふイワクツキの宿です。泉水の緋鯉を取って食つたのもこゝです。その時代の婆さんが今も達者でよく私の話をするそうです。

（差出し年月日不詳）

湯の鶴温泉の入口にあった旅館について思い出を語っているのだが、浴槽に小便を垂らして困らせたり、池の鯉を捕って食ったりしたなどとは、いったい何歳頃の話なのだろう。大人たちをさんざん手こずらせているわけである。

また、喬は癇癪持ちで、たとえば機嫌の悪いときお手伝いさんが食事を出してくれても「天ぷらが一枚足らん」などと言ってお膳をひっくり返す。かと思うと、機嫌が良いときはみんなにハーモニカを吹いてきかせる。えらく上手だったそうだが、ともあれそのように機嫌不機嫌の差が激しかったという。

そんなわけで、淵上喬は六人兄弟の中で知的にも性格的にも際だっていた。加えて音楽が好きだった。ハーモニカが上手で、大勢の人の前で吹いてみせる機会もあったようだ。尋常高等小学校四年頃、水俣の梅戸港に軍音楽隊が来て子どもたちに音楽を聴かせてくれたことがあり、喬も見物に行った。そればかりか音楽隊の松下という人と親しくなった。この人については苗字だけが分かっていて下の名は不明だが、ともあれ大人が小学生と仲良しになってくれるのだから、いかに喬が熱心で他の子たちより際だっていたか想像がつく。

大正十二年の三月、八歳で小学三年生であったが、喬少年は母方の伯母成田ヨシに連れられて姉の代美とともに旧満州の旅順に渡っている。ヨシの夫・成田定《さだむ》は、熊本市で育った人。藩政期の成田家は細川藩に仕えていた。その成田家で生まれ育った定は、当時、官吏として勤める一方、諜《ちょう》報《ほう》要員としても働いており、二足のワラジを履く人だったという。ヨシの方は旅順大学病院の看護婦長であった。満州へは姉の方が先に行っていたのだが、休暇で一時帰ってきた。休暇が終わってまた満州へ行く時、喬少年が「どげんしてん行く」と言ってきかなかったのだそうである。広い世界へ出てみたいとの気概が備わっていたに違いない。また、もともと喬は成田家の養子になる話があって、その関係もあるからヨシは悪童のわがままを聞いてやったのだろう。ただ、翌年の三月になって成田定が死去したため、帰ってくることとなった。喬は一年間だけ大陸で生活したのである。

小学五年生の頃には童貞をなくした、と自分で言っていたそうである。むろん、ホントかどうかは分からない。六年生になってからは病気をしたため、学年をダブってしまうこととなった。そうなると蒲柳《ほりゅう》の質だったかとも思えてしまうが、実際はどうか。水俣市在住の書道家で毛銭について詳しい研究も続けてきた渕上清園氏によれば、この時のことを喬の同級生の一人が「かるーい病気」と語ってくれたことがあるそうだ。しかも、清園氏にそう告げた後、その人はニコーッとしたというから、実際の程が知れよう。喬少年は受験組に入っていたが、授業中もいたずらが過ぎて手がつけられなかったようなのだ。それで、周囲からつけられたあだ名は「うまんたん」。つまり「馬鹿たん」ではあんまりだから、やわらかい揶揄をこめての名づけである。ちなみに弟の庚の方は「あおたん」だったそうだ。こんなわけで、喬の落第は病気よりも放埒さの方に真相があるのかも知れない。

喬少年の腕白かつ機転の利く知恵者ぶりが髣髴とされるものとして、「とほせんぼ」を挙げてよいはずである。

ここん橋ば　通つときや
俺云うて通れ
そつでなからんば
通らせん　通らせん
そげん　云わんちよかろうがない
ネツケば　かますで　通らせろ
ネツケじや　嫌ちや
好かんとかい
フン　おかしゆうして　のさん
主　ことわらんち　どげんあろん
主が　通らせんち
なんたろん　なんたろん　ま
こげん　橋しや

スッケンギョーで　きやー渡れ
スッケンギョーで　きやー渡れ

「ネッケ」(肉桂)を噛むとか「スッケンギョー」(片足跳び)を競い合うなどということは、昔の子たちは必ず経験している遊びである。水俣の方言をうまく使って表現されており、カラッとした南国的な開放感に溢れた詩と言って良かろう。ともあれ、そんなわけで淵上喬少年は南国の陽光の下、元気に遊び、知恵を働かせては大人や周囲の者たちをとまどわせるようなことばかりして育った、機嫌不機嫌の差が激しい子だった、と、喬すなわち淵上毛錢のことは枕詞みたいにパターン化して今まで語り継がれてきた。わたしはこれを一応「淵上喬伝説」と呼びたい。むろん、今まで触れた「伝説」は事実を踏まえてできあがっていて、間違ってはいない。だが、淵上喬の人柄についてすべてを言い得ていないと思うからである。

ゆう来て呉れたない

昭和二十一年の前半頃に作ったと思われる詩作ノート「毛錢詩稿帖」の中に、「幼時四季」と題する作品がある。

春

目白を獲るのは兄で、
本家に行つて
酸つぱいぐみをもらふのはぼくだつた。
本家の風呂場には
拍子木が下がつてゐた。

夏

七夕の下には
茗荷が植えてあつた。
茗荷の吸い物は、
帷子を着た
お祖母《ばあ》さんの好物で、
ぼくは困つた。

蚊遣火をしながら
番台の上で、
七夕のさらさらいふのを

よくききました。
夜漁《よぶり》の人の瓦斯燈が、
おどろくほどの明るさだつた。

秋（酔虫行）

ゆふがた柿の葉つぱに
焼味噌をのせ、
芋畑のさきの石垣の穴におき、
龕燈を用意して
夜を待つのだつた。
鳴く虫が味噌に酔つて、
たくさんとれた。
母はねれ柿が非常に
好きだつた。

冬

もめん絣の丈夫な羽織の裏に
袋《おとし》をつけてもらひ、
ごむじゆうに小石。
猿飛戈《ママ》助や地雷也の描いてある打《う》ちよ起《こ》しを入れてゐた。
蜜柑山の爺は、
いつも手に黒い膏薬を貼つてゐた

こういうふうに、作者自身が子どもの頃に体験したであろう遊びや情景やらが季節ごとに登場する詩である。さて、茗荷の吸い物を好んだ祖母を思い出して「ぼくは困つた」と述懐したり、七夕のサラサラいう音や夜漁《よぶり》のガス灯がとても明るかったことを懐かしむ、そしてまた焼味噌や龕燈《がんどう》を用意して虫を捕った、などと物語る中から「腕白坊ちゃん」の面影は発見できるだろうか。ゴム銃やうっちょこし（メンコ）の場面に腕白そうな面影が見えるとしても、である。そこのところを考えてみる必要があると思う。

そこで触れてみたいのが桜井春樹という人のエッセイ「毛銭と私」で、これは昭和二年頃の淵上喬少年のことが語られている。それによれば、同年の四月、水俣尋常高等小学校六年生六学級約

毛錢生家付近の水俣市陣内界隈

三百人の中から男女三十余名が職員室の裏にあった平屋建て教室に連れて行かれた。中学校受験準備のための特殊クラスだったという。翌日になるとクラスに四、五名の転入生が来て、中に淵上喬が混じっていた。「病気」で休学していたため、「落第」してきたのだった。そうして桜井氏は喬と同級生になったのだが、喬は転入生の中でどうも一人だけ「われわれの眼に異様」であった。それまで、クラスの生徒で高山君という洋服屋の息子が学童服を着ていたが、それはまあ親の商売の宣伝を兼ねていたから許せる。だが他の生徒たちは、おおむね木綿の筒袖に下駄履き、中には「あしなか」と称する藁草履をつっかけてくるのもいた。そういうのが普通だったのに、喬は、当時としては珍しかったサージの学童服を着て、半ズボン、運動靴。生白い不健康そうな顔にはソバカスの斑点が目立ち、「生意気にもロイドの眼鏡をかけていた」という。しかも、そのロイド眼鏡越しに人を見つめる時の目付きがいかにも相手を小馬鹿にしたような「傲慢さと尊大さ」に満ちていた。弁当の中身も違っていた。桜井氏は、いつも、おかずはラッキョウに梅干しであった。かたや、淵上喬は卵焼きに竹輪。そういうのを毎日見せつけられての「お菜の恨み」か、あるいは「持って生まれた私の非人根性」のせいで自分は彼を生意気だと思いこんだのかも知れない、と桜井氏は卑下している。いやいや、誰がどう見ても喬ははなはだ生意気かつ尊大に映ったはずである。

ところが、その年の夏、近所の浜崎君という同級生と一緒に水俣川の上流に蝦《えび》獲りをしに行った。蝦があまり獲れなかったので水泳をしたりしての帰りがけ、陣内の町内を通るので、浜崎君が喬の家に寄ってみようか、と言いだした。喬の家付近一帯は「陣内の分限者《ぶげんしゃ》さん達と呼ばれる旧家」が軒を連ねており、むろん淵上家も分限者、金持ちの家である。「喬の奴自分の家ではどぎゃんしとっとか」、桜井氏は好奇心と嫌悪とを両方抱きながら同級生の後をついて行った。そして二人で淵上家の玄関の格子戸を開けて、恐る恐る「喬っしゃん」と二、三回呼んだところ、土間の奥から「白っぽい着物の四十余りの女」が「どなた」と応対に出て来た。この瞬間、桜井氏はこの女性が喬の母親であると直感したそうである。母親は透き通るような色白の顔で「喬そっくりの目、鼻、口がかぐわしい香料を漂よわせ」ていて、とても上品な雰囲気だった。にっこり笑みを見せ、「喬は丁度、夏風邪で寝とるばってん、折角来なったつだけん、遊んで行きなっせ」と言って喬の寝ている部屋へ案内してくれた。喬は蒼い顔して「少年倶楽部《くらぶ》」を読んでいたが、母親が部屋を出て行くと、「ゆう来て呉れたない、ひとりで寝とっと淋しかっぞ」、えらくしんみりとした喋り方をする。桜井氏は途惑《とまど》った。いつもと調子が違うのだ。「そこには学校での喬のイメージからは遠く離れた気弱な独り息子の少年、喬があった」と桜井氏は述べている。

喬はさらに、「蝦ばとり行ったっやあー、うんととれたかい」と聞くし、蒲団から急に起き上がって、「お母さん、蜜かけと西瓜ば早う持って来て」と母親を呼ぶ。

「喬っしゃん、よかたい、おっだ水でよか」

と私達が遠慮して云うと喬は片手でそれを制し乍ら「おるも食おうごたっとたい、お母さんな風邪ふいとるけん冷たかもんな出けんち云うていっちょん、食べさせなはらんもん」と悪戯《いたず》らっぽい瞳をした。

間もなく西瓜と氷水が運ばれて来た。喬の母は喬に「あんた病気だけん一寸だけ食ぶっとよ……」と云いながら不安そうな顔をして退った。喬は母の言葉を無視して、垂れ下る鼻汁を拭き拭き冷えた西瓜を食べた。

それは折角初めて訪問した私達を遠慮させまいとする喬の身体をはった精一ぱいの友情だった。

夏風邪をひいた少年が、わざわざ来てくれた級友に対して「ゆう来て呉れたない、ひとりで寝とっと淋しかっぞ」としんみり語るばかりでなく、相手が遠慮せぬよう自分でも無理して西瓜を食べてみせる。そこに桜井氏は「精一ぱいの友情」を感受している。火野葦平の小説「ある詩人の生涯」冒頭に登場する腕白知恵者が喬少年の表の像なら、こちらは意外な隠された一面というものだろうか。いやいや、両方がいつも喬少年の内にあったと考える方が自然なのではなかろうか。そうでないと公平さに欠けてしまうこととなろう。

そう言えば、毛錢にはたった三行だけの「風邪」と題した短い詩があるのだった。

もう屛風の
山桜の散つた武者絵にも
飽いてしまつた。

第二章　山之口貘との出会い

熊本から東京へ

昭和三年四月、淵上喬は熊本の私立九州学院に入学する。なんで水俣からわざわざ熊本へ行ったのかといえば、わが子の腕白悪童ぶりに手を焼いていた母夕子《たね》が、せめてキリスト教系統の学校ならば厳しくしつけてくれるのではないかと配慮してのことだった、と言われている。夫に早くに先立たれて女手一つで子育てをしてきた夕子にとって、よくよく考えての判断だったろう。しかしながらまだ十三歳で、多感で元気な少年が親元を離れ、百キロほども隔たった熊本市の学校で寄宿舎生活をするのだから、むしろ逆効果になるはず。事実、ますます手がつけられなくなったそうだ。第一、早熟であった。すでにちょっと述べたように、寄宿舎に入った時、五年生に同郷の深水吉衛《きちえ》がいて、この人は痔が悪くてしばしば寮の便所を汚したそうだが、便器に付着する血液を見つけてみんなが大騒ぎする。すると、喬は「まかなひの女が来て、便所に入つたつぱい」と言っていたそうだ。自分がメンスというものを知ったのは「ようやく結婚してから」だったが、喬は中学一年生にしてすでにその方面の知識があった、と深水はエッセイ「淵上毛錢の反逆精神」の中で回想している。喬はやはりひどくませていたのだ。在学中、成績は真ん中よりやや下位、出席状態は少し欠席が目立つ程度だったようだ。ただ、寄宿舎で深水と一緒だったことにより、音楽の世界を教えられた。チェロに傾倒するのはこの頃からである。

昭和四年になって東京の青山学院中学部へ転校する。深水が先に青山学院へ入っていたから、後を追ったのだと言われている。そして伯母の成田ヨシと同居の生活に入るが、これはヨシの養子となるため（後に解消）であった。ヨシは、夫が亡くなって満州から帰って来た後、藩政時代には肥後を治めていた細川家の女中頭として勤め、屋敷内の六畳の間に住んでいた。そういうところへ同居してみたものの、喬は伯母とうまく行かなかった。火野葦平の「ある詩人の生涯」の中で、喬が細川家の子供たちと仲良く遊ぶのを伯母からひどく叱られる場面がある。喬は承服せず、「そぎゃんことというたッちゃ、殿《とん》さんの若さんも、お姫さんも、俺に一番なついとらすて」とふくれっ面で抗議するが、伯母はこれからお子さんたちと一切遊ぶな、その上、東京に来たのだから東京の言葉を使いなさい、下品な水俣弁は早く忘れなさい、と迫る。東京都文京区目白台、小高い丘をなすたいへん広い敷地でこんもりした森になっており、自然児的少年にはもってこいの環境だ。だが屋敷の中はそうはいかず、伯母を通して立ちはだかる名家の高い格式にはなかなか馴染めなかった。チェロには熱を入れても学校の勉強は怠りがちで、青山学院は自然退学となっている。

こういうふうな熊本時代や東京へ出てからの生活ぶりやらが、どうもあまりはっきりしない。何より本人自身が、生前、まわりの者へ自身の青春時代の思い出話を語ってきかせたことはあったろうが、文章化していないし、詩作品の中から遍歴時代を題材にしたものを探すのも難しい。だから伝説めいたナゾがつきまとうのではなかろうか。

孤独なんててんぷらにして喰つてしまつたと云ふ
かなり見どころのある
その女は
まだ男は知らぬと匂はせた。
まだだかどうだか知らないが、
てんぷらにするほどの
孤独もなささうな女だつた。
たぶん喰つたのは
狐か狸かのてんぷらであつたのだらう。
ふらりと現はれたと思つたら
国籍不明のぶちの赤ん坊を抱いてゐた。
それで始めて孤独を知つたのか、
まことに感じさせるものがあつたので
ぼくは云つた、
もうてんぷらなどにして喰ふなよと。
ところがその女のはきはきして

呆れたことに
こんどこそてんぷらにするわよと云つた。

「国籍不明」と題された作品だが、これを火野葦平は「ある詩人の生涯」の放浪・遍歴が展開する場面でBGMを流すようにして引用紹介している。東京で放浪している時分に女を孕ませたことがあり、この詩はそのことが下敷きになっている、とも言われる。だが、はっきりとそう言い切れる材料・根拠はないのである。それからまた「ふるさとの雪を語りし娼婦かな」という俳句があって、これは娼婦を題材にした数句の内の一つである。ひょっとしたら東京時代の寸景を詠んだのであろうか。だが、「国籍不明」と同様、これも推測の域を出ず、つまりそれほどに毛銭は自身の遍歴を作品化していないわけである。

ハンロー・小野八重三郎・芥川龍之介

東京時代の淵上喬について、忘れてならぬことがある。生涯慕いつづける人と「居場所」とに出会ったのである。それが前述した小野八重三郎・森田しげ夫妻であり、夫妻の経営していた「ハンロー」であった。二人は姓が違うまま一緒に生活していたから、籍を入れていなかったのだろう。しげには娘が一人おり、人に預けてあったという。小野は明治二十六年生まれで、喬少年がハンローの世話になった頃は三十七、八歳だった。早稲田中学の代数の教師であったが、そのかたわら夫婦でハンローを営んでいた。

喬は昭和四年から七年の初めにかけて細川邸に居住したことになっていたものの、実際の生活はそうではなかった。というのは、細川邸での喬の生活ぶりを気にしたヨシが、やがて知り合いから小野八重三郎のことを聞いて小野に相談に行く。家庭教師になってもらうよう頼んだし、その上しばらくのあいだ喬を預かってもらうこととなった。だから喬はその後、小野夫婦の営んでいた喫茶ハンローの近所、指物大工の二階に寝泊まりし、食事・洗濯はハンローのお手伝いさんにやってもらっていたそうだ。つまり、実質的にこの手に負えぬ少年の世話役は八重三郎・しげ夫妻が引き受けてくれたことになる。小野は喬に学校の勉強を教える一方、音楽方面でも影響を与えたという。

喬の従兄・岩橋正三《まさみ》が渕上清園氏に語ったところによれば、岩橋は昭和五年に上京した。たまたまハンローに行った時、店の前でひょっこり喬に出会ったという。だから岩橋もハンローにはよく出入りし、喬と一緒に呑むことがあったそうである。少なくとも昭和六年頃、喬はまだハンロー近くの二階に下宿していた、そしてチェロを弾いていた、と清園氏に語っている。だからその頃は間違いなく指物大工の二階が住まいだったのである。さらにまた、喬は築地明石町の廻漕問屋の二階にも下宿している。そして、昭和八年三月はまだ明石町にとどまっていたという。その後さらに船松町というところへ移るが、いつ移っていつまで居たかは不明である。

喬少年が間借りしたというハンローの近くの指物大工の家であるが、残念ながら住所が確認できない。むしろハンローの方がちゃんと分かっており、「本所区東両国緑町一丁目十四、日活館筋向」である。現在は本所区とは言わず、墨田区になっているが、ここら一帯は第二次大戦の時に空襲で焼かれてしまったから、昔の面影が失われている。ただ、区画割りは確認することができ、この住所ならばJR総武線両国駅で下車し、駅の西口から南側の方へ出てすぐのところである。現在、両国駅から北の方は国技館や江戸東京博物館があり、人の往来が繁くてたいへん賑やかな一方、これが南側となると至って静かである。だが、それでも相撲部屋とかちゃんこ料理店、相撲グッズの店等が散在する。そして、駅からまっすぐ行くとじきに京葉道路に突き当たるが、その正面の両国二丁目に浄土宗の古刹・回向院《えこういん》がある。国技館はもともとはこの回向院の山門を入って左手の境内にあって、昭和二十一年まで本場所が開催されていた。その起源は江戸時代に遡《さかのぼ》り、天明元年からここで相撲興行が始まったのだという。寺の斜め裏は吉良上野介邸跡である。なお、山門から向かって右手の道向かいあたりでは小野八重三郎の一年先輩の芥川龍之介が育っている。ハンローは、この回向院へ出る手前のもうちょっとだけ東側、緑町の方にあった。喬もこの町内か、あるいはそう離れていないところに部屋を借りていたのだろう。今でこそ駅の北側に繁栄を奪われてしまっているものの、この両国や緑町あたりはかつてたいへん賑わっていて、むろん昭和の初期の頃もそうだった。ハンローには無名時代の山之口貘や炭坑王・伊藤伝右衛門のもとを去って宮崎龍介への愛を貫いたことで知られる柳原白蓮など文化人の出入りが結構あったらしい。

喬は台所に入りこんでコック代りをやる。コーヒー紅茶を入れたり、パンを焼いたり、皿や匙を洗つたり、いかにも楽しさうに立ち働いた。お屋敷にゐるときにはきちんとしてゐた服装はいまは出鱈目になつた。といつても外から押しつけられる格式を嫌つただけで、元来はなかなかのダンディであったから、赤いベレ帽をかぶり、コールテンの上衣を着、赤いネクタイをはめて、頭髪も長くした。同じ台所には武子がゐたが、これも風変りな女で、すぐ親しくなつた二人は、「坊や」「デコ」と遠慮もなく、呼びあふ仲になつた。武子は姉のやうな気持で喬の面倒を見た。よごれものの洗濯をはじめ、下宿の部屋の掃除、その他一切が武子の仕事になつた。武子はダンサーをやつてゐたこともあり、喬と二人でどこかのホールにダンスに出かけることもあつた。この二人を眺める小野夫妻は顔を見あはせて微笑する。どちらも手に負へぬ不良だといふのであづかつてゐるのだが、小野夫妻を困らせるやうなことはほとんどない。

「あんまりまつすぐすぎるんだね」

と、夫婦は語りあひ、二人の腕白が可愛ゆくてならなかつた。

（火野葦平「ある詩人の生涯」）

東京都墨田区緑町界隈

火野はハンローでの喬少年の様子をこのように描いている。喬自身も昭和十四年の「九州文学」八月号に書いた「山之口貘いろ〳〵」の中で、「遊び半分にバーテンの真似事もしてゐた」とこの時代のことを洩らしている。喬は自らの青春時代をなかなか文章で語らなかったので、これは貴重な思い出話と言っていい。ハンローの小野八重三郎夫妻は十五、六歳の青臭い少年に「バーテンの真似事」など店の仕事をさせてくれるのである。すっかり信頼し、可愛がっていなくてはできないことである。

それにしてもこの小野八重三郎、いったい何者であるかといえば、東京府立第三中学（現在の両国高校）で芥川龍之介の一年後輩であった。しかも芥川は、小野が府立三中を卒業する際にお祝いとしてドイツ語の独修書をプレゼントしている。芥川自身はこの独修書を自分の一年先輩で後に「闘う自由主義者」と謳《うた》われた河合栄治郎から貰っている。当時は、学生たちの間に自分の最も期待する後輩の卒業祝いにこういうプレゼントをする習慣があり、一冊の書物は先輩から後輩へ、さらにその後輩へと譲り渡されていたのである。というわけで、芥川龍之介がいかに後輩・小野八重三郎を篤く信頼していたかが分かる。

芥川から小野へ宛てた書簡は十七通遺っているが、そのうちで最も長文なのが大正三年一月十二日付けのもので、手紙全体の長さは四百字詰め原稿用紙に換算して六枚余である。この手紙では、芥川は長々と近況を綴った後、一週間連絡もせず御無沙汰してしまったことを詫びている。たった七日間音信がなかっただけなのに、である。つまりは、当時それほどに絶えず行き来したり便りを出し合ったりしていたことになる。二人は実にフランクに交友を持っていたようである。芥川が大正元年八月十七日に長野県御岳山の絵葉書で出した便りには、「薄黄なる石楠花《しゃくなげ》にほふ八月の谷間の霧に山の鳥なく」「皮肉なるあげあしとりの憎らしき汝《ナ》を忘れえず山に来れども」「汝《ナ》は今日もBARの夕《ゆふべ》に曹達水の杯あげてものを思ふや」と戯《ざ》れ歌が記されている。二首目と三首目の「汝」

は、当然ながら小野を指す。後輩を「あげあしとりの憎らしき汝」と呼びながらも、君は今日もバーでソーダ水を飲みながら物思いしているのかね、などと冷やかして、先輩・芥川は実に楽しそうだ。ついでながら、芥川は小野の同級生である原善一郎への手紙（大正五年十月二十九日付）では「いろ〳〵小野を勧誘して見ましたが何しろ老獪な彼の事ですから中中同行を承知しません」と記している。先輩に対して「皮肉なるあげあしとり」をする憎らしさ、遊びに誘っても簡単に応じない「老獪《ろうかい》さ」、後輩・小野は結構したたか者なので、逆にだからこそ芥川にとって手応えのある頼もしい友であり得たのであろう。

小野八重三郎は、こんなふうに芥川先輩から目をかけてもらっただけあって自身も文芸をたしなんだ。俳句を詠むときには自分はまだ道半ばの人間だからというほどの意味で「半路」と名乗ったので、それで店の名も「ハンロー」であった。この小野に対して淵上喬がいかに懐《なつ》いたかは、昭和七年一月三十一日付の便りにも窺うことができる。

先生！　御元気ですか。

僕は何時かの夜以来すつかり元気なくしちまひました。何故でせう。

先生所へ行くのが何うして皆に心配させる原因《モト》となるんでせうね。今の所僕は何うしても先生とこへ行かなきや治まらない僕になつてしまひました。

何うしてだか僕にも解りません。先生を何うして僕が此んなに慕ふ気持になつたんでせう。今僕から云はすれば何んて罪な先生なんだらう。僕は先生に対して父といふ様な気持をもつてます。肉親の父と子と云ふ形にならないでそれより最強い愛情を感じて居ます。世の中にはほんたうの父に子がそむくのも居ますね。僕は云ひ有らはすことの出来ない先生には懐しみと誠をもつて接して来ました。あの頃僕は何んなに一個の平凡な人間として働いて楽しかつたでせう。今僕は音楽を捨てようか何うするか、十字路に立つてます。音楽と云ふのもいいが、こんなもんかしら、周りの人がこんなに僕をしちやふのかしら。

僕は今の方がずつと楽です。然し自由に愉快に働けたら、腕で、ユウツに鎖されて送り暮して行くのが芸術と云ふものかしら、そうゆう所かしら、今が、僕も現代の流行、少年少女の漂浪性を帯びた内のカスでせうね、恐らく、御栄光にも？

何うしたらいいんでせう、僕は自分でもつとはつきり完全に自己を確りつかみたいと焦つてます。

手紙の文面はもう少し続きがあるが、このくらい引いておけば充分であろう。小野を「先生」と呼ぶのは自分の家庭教師をやってもらっているのだから当然だとして、「僕は先生に対して父といふ様な気持をもつてます」と言いきる。親やまわりの大人に反抗する少年が、このハンロー主人に対してだけはえらく素直であった。まったく、幼少時に腕白だった反面、同級の者が遊びに来てくれると結構思いやりを示したように、やはり尊敬すべき人物の前ではかくも従順に自分をさらけ出す。淵上喬はそうした一面を持っていたのだった。なお、この後の文面の中には「先生、僕は近々気が向いたら飛出します」と意思表明をしている。封筒の裏には「フナマツ町、タカシ」とある。

岩橋正三の記憶ではここが築地明石町の次に寄宿した場所ということになるが、しかし昭和七年一月である。先に辿った経過と符合しなくなるのが気になる。だが、ともあれそこを近々飛び出す、というのである。実際に「近々」飛び出したかどうかは不明である。

そして、この時期には上野の音楽学校の夜間部補修科の試験に合格しているはずである。というのは、小野へ手紙を書いた二日後には故郷の母へ便りしているからである。

御母さん随分と寒いですね、大分永い事御便りせず、なにしろ知つての通り不精者ですから、無事試験も突破しまして、第一段階を踏ました。お母さんの力と思つてゐます。でも兄さんには手紙をやつてゐます。今度三月国立を受けるか何うか、未だ解りません。僕もだん々と大人びて参ゐりました。考へも随分違つて来ました。今度試験は全く奇せきと云つていい位不思議です。松下さんの御影だと思つてます。木戸先生も、今僕はとても朗らかです。

喬はチェロを専攻したくて音楽学校を志望したらしい。そして、試験をパスしている。文中に「松下さん」という名が出てくるが、これが小学校四年生の頃に水俣の梅戸港で出会った軍楽隊の人である。その頃に知り合って以来、交流が続いていたようである。「今度三月国立を受けるか何うか、未だ解りません」とあって、どこの学校を受けようとしていたのだろうか。ともあれ、東京の空の下、この文面だけで言えば希望に燃えて日を送っていたことになる。ただ、便りの文はまだ続く。喬は次のようなことを報告するのである。

今、僕とても困つてゐる事があるんです。それはやつぱ御金僅拾参円ばかしの事です。又かとお母さん思ふかも知れませんが、信じて下さい。今年になつてからの問題ですから、こちらのお母さんにはとても話せないので、お金の事で色々と考へてゐます。その話はこうです。僕が学院時代遊んでゐた時の仲間の奴で、そいつと女の事で喧嘩した事があるんです。そいつと偶然電車の中で会つて、昔の事を云はれて色んな事を云ふのです。つまり昔のお前の事を知つてゐるから、それを因に僕を又元に引きもどそうとするのです。今の僕はそんな事なんでもないんですが、後の祟が恐ろしいので何うすればいいんだと云つたら、金を呉れろといふでせう、その時僕が逃ぐればよかつたんでせうが、にげればひどい目に逢はされるのでその時五円ばかりの金をやつて後拾五円今月の十日頃迄待つてくれと云つて別れたんです。で僕一日も早くそれを叩きつけてやりたいんです。さすればそ奴は二度と僕の事を云はず、誘惑はしないんです。又十日迄にその場所へ行かなきア殺しの目に逢ふし、警察にも一緒に行くと其奴の仲間が僕を探してひどい目にするのは解り切つてゐるんです。奴等は執念深いのが特長なんです。でこちらのお母さんにこんな事を云へば僕の為にも又田舎のお母さんに関係するので弱つてゐるんで、僅か拾五円ばかしの金で前途を又目茶苦茶にされるともう没落ですからね。唯それ程の金がありや事は皆な闇に葬られて終ふわけなんです。僕とお母さんと二人切程になつてしまふんです。都合のいい事に僕の住所を奴等が知らないからいいけど僕が一日中家に入《ママ》るなら別だけど学校に行く、だから何時逢ふか解らないんです。僕はそれ一つだけです。お母さんは大変心配するか知れませんけど大丈夫で奴等は金さへやりあ案外義理を知つた男達ですから、僕を信じて下さい。又この事は決して誰にも云はず、決して云はずにゐて下さい。極々の家の事ですから。

ここで「学院時代」とあるのが熊本の九州学院なのか、東京の青山学院のことなのか不明だが、とにかく喬にとって「昔」のことである。電車でバッタリ出くわした昔の遊び仲間から「女の事」で因縁をつけられ、どのようないきさつがあったのか金を渡せと脅されていることになる。そして、その金をわが母親に無心しようとしている。続けてこう書く。

僕が運が悪かつたんですね。だけど世の中にはこんな人がたくさんゐます。僕拾五円位ですむのを内心有難つてゐます。お母さんとこに金の無い事は知つてゐます。ほんとは30円ですけど貯金してやつと十円近くためました。お母さん決して心配する事はありません。そうゆう訳ですから手紙のつき次第算段してすぐ秘密に送つて下さい。一日も早く投げつけてやり度いのです。又詳しい事は後でゆつくり話ます。手取り早く云つてわからないでせうが、察して下さい。これだけの金がありや芸術精進は進歩します。

昔の仲間からせびられた金は十五円のはずである。自分では十五円近く貯めた、と言っている。しかしながら、「ほんとは30円ですけど」と記す。いったい、送って欲しい金額のほんとのところはいくらということになるのだろうか。金の無心をする息子の文面は、乱れているとしか言いようがない。父親同然に慕う小野八重三郎に向かっては「今僕は音楽を捨てようか何うするか、十字路に立つてます」とか「先生、僕は近々気が向いたら飛出します」と告白する。その一方で母親には見事に音楽学校に合格したことを報告して、その上で金の無心を行なう。果たして、どっちに本人の真情があったのだろうか。深水吉衛作成の「淵上毛錢年譜」では、この昭和七年について次のような記述がなされている。

兄・潮、結核にて死去。この頃、母にアメリカ行きをねだり、希望容れられず、チエロを叩き割り、下宿先で燃やす。なほ母に財産の代りに、フオード一台買つてくれと云ふ。この希望も容れられず神田の寄席の下足番などをする。

（「道程」第二十輯）

母夕子には女性関係の問題処理のために金をせびっただけでなく、アメリカへ行かせてくれとかフォード車を買ってくれとねだる始末。この年は五月五日に長兄の潮《うしお》が肺結核のため亡くなって、淵上家の家督は弟の庚《かのえ》が相続することとなった。その際、喬は財産を分けてもらうつもりでアメリカ行きやフォードを乗り回そうとか考えたようである。放埒がひどくなったのは、このように音楽学校へ入学して間もなくの、長兄の死を境にしてのことだったかと思われる。年譜はこれ以後昭和八年・九年の二年間が空白になっており、さすがの先輩・深水もその間の喬の行状について把握できていなかったふうである。

断片的に窺えることは、ある。たとえば、昭和八年一月十八日に叔父の松尾譲が森田しげや成田ヨシに出した便りによれば、この頃水俣の実家から喬への送金は月額八十円。これを増額してやるならば百円ほどが適当か、と記されている。その頃、喬の弾くチェロの音に家主からクレームがついていたようで、部屋を移るかどうかの問題も生じていた様子である。四月頃には、喬は別府・神戸経由で上京するようだと松尾譲は小野に報せているので、どうもこの時期にちょっとだけ帰郷していたかにも思われる。松尾譲は小野に五月二十三日にも便りしており、それには喬が水俣の実家へチェロ買い換えのための金二百円等を無心している旨、報告されている。さらにこの年の九月九日に母夕子が小野夫人のしげに宛てた手紙には、喬が熊本の医大の病院に入院中だが院長の話では一ヶ月ほどで良くなるだろう、との報告がなされている。病名は分からないが、おそらくその頃から肺結核に冒されていたものと考えられる。……といったこと等々、いずれも断片的に知れるところであって、とにかくこの時期の淵上喬の生活は詳細が摑めない。せっかく入った音楽学校は、器楽科でチェロを学び、作曲法も修得することになっていたものの、二年で退学している。何月頃に学校を去ったのか、あるいは自然退学だったのか、不明である。

ちなみに、昭和九年十二月発行の『水俣小学校創立六拾周年』収載の卒業生名簿には淵上喬の名は昭和二年三月尋常科卒業のところに出ており、住所が「東京市大和田町17・佐藤方」となっている。この「大和田町」は、渋谷区の中の一画である。

こうして青春遍歴のさなかにあった淵上喬。しかしそんな破れかぶれ状態の若者が、とにかく小野八重三郎に向かっては至極従順であった。喬がいかに小野を尊敬したかが想像されよう。さらにまた、小野は小野で火野の小説の言い方を借りれば「あんまりまつすぐすぎるんだね」とあたたかく見守ってくれていたのだった。

山之口貘と出会う

小野八重三郎夫妻経営の喫茶ハンローに出入りした色んな客の中に、後々まで喬と関わる人物が二人いた。一人は詩人・山之口貘《やまのくちばく》、もう一人は本間六三という香具師《やし》で、二・二六事件の時に決死隊の一人だったという異色の経歴を持つ。本間についてはもっと後で登場してもらうこととして、今、取り上げておくべきは山之口貘である。詩人も北原白秋とか谷川俊太郎などはわりとポピュラーだろうが、普通には広く世間に知られたりはしない。ましてこの貘については知名度は低かろう。ただ、昭和四十年代前後のフォークソング全盛の頃に青春を過ごした世代は、高田渡《たかだわたる》のヒット曲の一つ「生活の柄」の元になった詩を書いた人だと言われれば途端に親しみを覚えるのではなかろうか。

歩き疲れては、
夜空と陸との隙間にもぐり込んで寝たのである
草に埋もれて寝たのである
ところ構はず寝たのである
寝たのであるが
ねむれたのでもあつたのか！

このごろはねむれない
陸を敷いてはねむれない
夜空の下ではねむれない
揺り起されてはねむれない
この生活の柄が夏むきなのか！
寝たかとおもふと冷気にからかはれて
秋は、浮浪人のままではねむれない。

（「生活の柄」）

山之口貘は、明治三十六年、沖縄県那覇区（現在の那覇市）の生まれで本名を山口重三郎《じゅうさぶろう》という。山口家は三百年も続くという沖縄名家の一つで、父親の重珍は銀行勤めをする人だった。だから、言うなれば堅気の家に育ったのだが、息子・重三郎はまったく違う生き方をした。十代半ば頃には美術や文学に興味を覚えるし、大正十一年に上京する。絵の勉強をしたり徴兵検査を受けたりしている内に、大正十二年、関東大震災に遭って帰郷。翌年再上京するのだが、この年に書いたのが「生活の柄」である。「この生活の柄が夏むきなのか！」に接して、思わずクスッと笑ってしまわないか。飄然としていて巧まぬユーモアが湧き出ており、作者は自身がルンペン同然でありながらそれを他人事のようにしか考えていない節がある。つまりは根っこのところがたいへん強《したた》かなところからくるユーモアだ。そしてしっかりとした良質の作品を書くから、サトウハチローや伊福部隆彦、高橋新吉等の詩人たちと交友が生じるし、中でも佐藤春夫からは人柄と才能を高く認められ、佐藤は貘をモデルにして「放浪三昧」という小説も書いた。だが、貘は定職になかなかつけず、まして詩作や文筆で食えるはずもない。昼間は喫茶店で時間をつぶして過ごし、夜が来たら土管にもぐりこんだり、公園や駅のベンチ、あるいはキャバレーのボイラー室等に寝る。とにかくその日その日の塒《ねぐら》が一定せぬ生活で、初めて東京へ出てから十六年間というものは、まともに畳の部屋には寝られなかったそうである。

貘が定職につけなかったのは、学校をまともに出ていなかったせいもあるが、大正十二年に関西のある工場の見習い工募集広告に「但し朝鮮人と琉球人はお断り」とあるのを発見し、「気持ちのいいものではなかった」とエッセイ「私の青年時代」の中で述懐している。穏やかな言い方であるものの、沖縄出身というだけで仕事にありつけぬこともあったのだろう。これは我慢できぬ偏見・差別だった。貘のユーモアは、こうした壁とねばり強く闘う中からにじみ出てきたものでもあった。

昭和四年八月から東京鍼灸医学研究所の事務員として働くが、『山之口貘詩集』（思潮社・現代詩文庫1029）巻末年譜によれば、この年の十二月、佐藤春夫は貘が警官の職務尋問を受けても困らぬよう、自分の名刺に「詩人山之口バクハ性温良。目下窮乏ナルモ善良ナル市民也」と書いて渡してくれていたそうである。この研究所は八年間勤めて退職する。以後もマンホールの掃除人夫、温灸器販売、薬の通信販売、おわい屋、歯科医助手等、多数の職業に従事する。昭和十四年になって東京府職業紹介所に就職したのが、生まれて初めて就くことができた「定職」だったという。ここに昭和二十五年まで勤めた後、ようやく筆一本の生活に入ったが、その時山之口貘は四十五歳だった。以後、詩壇でそれなりの評価を受けて活躍する。ただ、昭和三十八年に五十九歳で世を去るまで生活はずっと楽でなかったようである。もっとも、茨木のり子はこう書く。

貘さんは詩を書き、雑文を書き、講演し、テレビにもでていっしょうけんめい働きましたが、生活はらくになりません。一編の詩をつくるのに四年もかけるような潔癖さでは、採算がとれるはずもなかったのです。

生涯、借金につぐ借金で、首がまわらず、たいていの人なら、いじけてしまうところですが、貘さんはだれよりも貧乏したのに、心は王侯《おうこう》のごとしという、ふしぎな豊かさをますます自分のものにしていった人でした。そのみごとな心意気が、多くの人をひきつけずにはいなかったのでしょう。町で、飲み屋で、喫茶店で、新しい友だちがいっぱいできてゆきました。

（『貘さんがゆく』）

山之口貘のようにさまざまな職業を転々とする人は、現在でも世の中にある程度いるかも知れない。しかし、貧乏暮らしをしていても心は王侯のごとしという「不思議な豊かさ」を保ちつつ生きることは、もはや現代にあっては不可能に近いのではなかろうか。昭和の時代、貘はそのようにして生きた。

淵上喬はこの山之口貘を慕った。貘は貘で年下の詩人を大切に扱った。二人の間には、何が響き合ったのだったろうか。

不定職インテリゲンチャ・山之口貘

淵上喬が山之口貘と知り合ったのは、昭和五年か六年頃である。十五、六歳だったことになる。貘の方は十二歳年上で、東京鍼灸医学研究所に勤めてようやく薄給ながらも定まった収入を得ていた。そして、その勤め先が本所緑町のハンローのすぐ近くにあった関係で店の常連となったようである。二人の交友は喬の帰郷により一時期切れるものの、やがて復活するのだが、復活のきっかけとなった「九州文学」昭和十四年八月号に発表のエッセイ「山之口貘いろ〳〵」を見ると、喬は、久しく会っていない貘氏について、最近になってある雑誌で作品に接して懐かしくなった。氏の住所でも知るきっかけにでもなればと思ってこれを書くのだ、とまず断り書きをしている。そして、貘のことを「確か六七年前の知り合ひ」で、自分がハンローでバーテンの真似事なんぞして世話になっていた頃、「しげ〳〵と現はれてゐた」から、ほとんど毎日会っていた。ただ、口をきくようになるまでには時間がかかったし、「貘氏はその時分は未だ不遇にあり今見たいではなかつた」と回想している。毛銭が言うとおりで、当時の貘はまだ詩人として無名の存在であった。

さて、その山之口貘という常連客はどのような印象だったか。喬としては、貘の目が大きくて表情に深い憂愁が漂っているので、芸術家的な陰翳がある、と感じ取っている。ただ、店に来ていつもホットコーヒーしか注文しないので、「真夏に熱いコーヒーを飲むなんてあの野郎いやな奴だ」と反発していた。それが、喬は佐藤春夫の小説「放浪三昧」が雑誌に載った時に読んで、どうもこれはうちの常連客がモデルではないか、と思った。店主の小野八重三郎に聞いてみたところ、「そうらしい、お前話をして見ろ」とすすめられ、それで貘に話しかけるようになった、と書いている。小野は、貘が佐藤春夫のところへ出入りしていることも教えてくれたという。その「放浪三昧」は昭和八年一月二日発行の「週刊朝日」新年特別号に載っているから、毛錢はその頃になってようやく貘と話しをしたことになろう。

山之口貘（『現代詩人集１』山雅房、昭和15年５月から）

> 爾来よく毎日二人で熱を上げ、彼は私の幼稚な音楽芸術論を聞いてくれたし、私は解らぬながらも彼の詩論を熱心に聞いた。その頃の彼は確か灸鍼の職を持つてゐて、黒い皮カバン中に何時もその道具を入れてゐた。それでやつと喰つてゐたらしい。私が便秘を訴えた時、据えてやると云つたのを拝み倒して止してもらつたこともなつかしい。

口をききあうと気が合い、急速に仲良くなったことが窺えるし、その頃を懐かしむ喬の胸の鼓動がドクドクと聴こえてくるような筆致である。

山之口貘自身は、エッセイ「淵上毛錢とぼく」の中で、毛錢の詩集が八雲書店から出ることになっていたから昭和二十三年に一文をしたためたことがあるとして、自分のその文章を引用している。その文には、次のような回想が入っている。

淵上毛錢とぼくとが、ひんぱんに手紙のやりとりをするようになってから六年か七年ぐらいにはなったろう。

じぶんは、あの頃の坊やだが貘さんはおぼえているだろう。と云って、彼はその最初の手紙を寄越したのである。

あの頃というのは、本所の緑町に「はんろう」という珈琲店があって、そこで毎日ぼくがお茶をのんでいた頃のことなのである。ある日のこと、店主の小野八重三郎夫妻が、「音楽家の卵で未来のチェロひきです。」とそう云って、品位あるひとりの青年をぼくに紹介した。その青年が淵上なのであった。当時の彼は、まだ、少年を卒業したばかりの新鮮さで、ぼくはその年齢のひらきから、小野氏夫妻にならい、坊や坊やと、彼のことを呼び馴れてしまった。

結局、八雲書店からは毛錢の詩集は出ずじまいとなったから、これは役立たずの文となったことになるが、それはともかく貘にとって青年・淵上喬は十二歳も年下の「坊や」であった。ただ、まぎれもなく「品位あるひとりの青年」として目に映ったし、音楽家の卵、未来のチェロ弾きとして印象づけられた。だから貘は、後にその青年が詩人となって音信を寄越した時に「チエロは鳴らずに詩が鳴つた」と驚きを隠さなかったのである。

とにかく、喬が「九州文学」に「山之口貘いろ〳〵」を発表したことから貘の住所が判明して、交友は復活した。彼ら歳の離れた二人は、なんと言ってもウマが合ったのだろう。

吉本隆明に『戦後詩史論』という著作があるが、この本の冒頭で吉本は「現代詩人のうち、とくにわたしの関心をひく、一群の詩人たちがいる」と言明している。その一群とは小熊秀雄、岡崎清一郎、山之口貘、草野心平、尾形亀之助、逸見猶吉、そして他ならぬ淵上毛錢も入る。吉本は、彼らは昭和初期の日本の社会が生み出した不定職インテリゲンチャの群れに属し、「やむをえずもがきながら自己の生活圏から脱出しようとして翼をもたねばならなかった」と説く。貘と毛錢は確かにこうした点で共通していたと言える。対極に位置するのが西脇順三郎、北園克衛、村野四郎、春山行夫、竹中郁等いわゆるモダニズム派の詩人たちで、この人たちは自分の想像力の世界を「自己の恒定生活者的な世界」に限定してそこから出ようとせず、その想像力は不定職インテリゲンチャの詩人たちよりも貧弱だった、と論じている。加えて、吉本は、不定職インテリゲンチャはその生活遍歴と想像力とがからみあって多義性や混沌性がつきまとうし、一人ひとりその質も異なっている、とする。つまり、プロレタリア詩人たちは自分が社会から疎外された意味を政治問題に転化して行っており、山之口貘の場合は自己の姿を「ユーモアととぼけた意識の表現」で客体化する。そして、淵上毛錢の場合は、次の詩を挙げている。

あゝ祖父《ぢい》よ

燃えてゐる　燃えてゐる
燃えてゐるとも
大根一切れ　梅干し一つちよで
いふな　いふな
泥ば食ふても
いふな　いふな
泣くな祖父《ぢい》
俺と麦にこえばやろ
麦に。

「百姓もまた」という詩の後半部分だけ引いてあるのだが、吉本は「淵上ではその詩のもっている多義性とあいまい性は、日本の農村土着意識の表現となってあらわれている」と見なしている。そして自分が社会から疎外された意味をつきつめて行く際に、自意識の問題にからめて詩的想像の世界を造り上げた結果、毛錢の場合は「農本ナショナリズム」の方向へむかった、と吉本隆明は捉えている。毛錢の詩に「農本ナショナリズム」を読み取ることには留保が必要であろうと思うものの、確かに「農村土着意識の表現」は否定できない。吉本の捉え方は一つの指標になり得ると思う。

第三章　詩人の誕生

歩けなくなる

昭和十年、喬は二十歳になった。放埒の日々が、ピタリと止まざるを得なくなる。もっとも、それは突然のことだったのではなく、実はすでに兆候が現れていて、昭和八年の初秋の頃には一度熊本で入院しているし、この十年になってからは春頃に胸部疾患のため熊本医科大学付属病院（現在の熊本大学医学部付属病院）に入院している。それまでの無軌道な生活ぶりが、じわじわと確実に体に影響を与えていたのである。体調が崩れたことについてはたいへん不安であったに違いない。妹の千美《ちみ》が大正十四年に八歳で、兄・潮が昭和七年、神戸の療養所にて二十二歳で亡くなっているが、二人とも結核菌に冒されての早死にだった。自分の体にも兄や妹と共通のものがひそんでいたことを否が応でも自覚せざるを得なかったはずである。だが喬は相変わらず無鉄砲で、全快を待たずに三ヶ月で退院し、再び上京する。入院前と変わらぬ不規則な生活に戻ってしまっており、その再上京してからの毛銭について深水吉衛が作成した年譜はこう伝える。

退院後再び上京して、労働運動に加入し、アジビラなどを張り廻る。追はれて、東京を脱出、昼は隠れ、夜は徒歩にて、むしろに干した梅干し、いもなどを囓りつつ、首だけを出して海岸の砂に寝る。健康を害す。川崎に至り砂利運搬トラックの助手、新聞配達などを経験す。浜田組に入る。八月、徴兵検査にて呼び戻さる。

（「道程」第二十号）

以前通りというか、むしろそれよりひどいかも知れず、暗闇の中を無理矢理押し進むかのような日々だったろう。いったい何が喬をそんなにまで突き動かしていたのだろうか。

八月になって徴兵検査のため水俣に呼び戻される。その帰郷の際に吉崎直彦という人物と知り合い、これは毛錢にはたいへん良い出会いで、以後、無二の親友づきあいが始まる。だがその身体の方はすでに充分に蝕まれていた。喬はそのまま水俣に滞在していたのだが、九月に入って、外で酒を呑んでの帰り道、歩けない状態に陥る。従兄《いとこ》の岩橋正三《まさみ》に担いでもらってようよう帰宅。医師に診てもらった結果、結核性股関節炎との診断が下った。いわゆるカリエスである。放埒がピタリと止まざるを得なくなったのはこの時で、喬は、以後、故郷・水俣に繋がれてしまった。青春の心の渇くまま当て所《ど》ない遍歴を重ねた東京の地を、二度と踏むことができなかったのである。

それでも、最初から寝たっきりになったのではない。初めの頃は患部が痛むと静かに寝て過ごし、痛みが和らげば松葉杖をついて近所を歩き回ったりできたという。昭和十二年には痛みがひどくなったので、夏場から二ヶ月ばかり主治医の徳永病院に入院している。退院後、九月に水俣工業所という会社に事務職員として入社した。その会社は水俣駅前の日本窒素株式会社（現在のチッソ株式会社）玄関のすぐ近くにあって、喬の従兄の深水吉毅が社長を務め、日本窒素肥料株式会社関連の酢酸瓶を作っていた。事務の仕事をしたのだが、ただ二ヶ月ほどで退職し、十一月にはまたしばらく入院している。

そして翌十三年の夏、深水吉衛がビクター専属歌手となったので岩橋正三が肝煎り役となり、気の置けない友人たちだけで水俣旭町の美寿屋《みす》という料理屋に集ってお祝い会をした。深水吉衛が祝われる側、あとは岩橋、喬、それに知り合いの医師、この四人。その時は喬もわざわざ家から歩いて出向き、酒も呑んだという。片道約一キロほどだろうか、股間を病んでの歩行、ずいぶん頑張ったのだ。さて、宴も終わって午前零時頃、岩橋とそれに芸者さんも付き添ってくれて家まで送ってもらった。だが、皆して家まで歩いたのであるが、玄関前まで辿り着いたところで急に喬は足が痛み出し、どうにもこうにも動けなくなったのだという。これより以後、喬はもっぱら家の中で寝ている状態となった。

誰もが喬の病気のことを知っているので、みな淵上家の前は走って通るようになっていた、という話が残っている。結核の感染を畏れていたのである。

東京で職を転々とし、チェロを弾き、労働運動にまで首を突っ込んでいた青年が、今は病床につながれたままの生活。まわりの者たちは病人の無聊《ぶりょう》を気遣ってくれた。同じ結核で臥せっていた姉の千寿《ちす》は、短歌を作ってみないかと勧めたそうだ。千寿は自分でも歌を詠み、山下陸奥の主宰する歌誌「一路」にも発表していた由である。もっとも千寿は、昭和十三年の十一月に二十五歳の若さで逝ってしまう。それから主治医の徳永正《まさし》、この人は徳富蘇峰・蘆花兄弟とは従兄弟《いとこ》同士の関係だが、俳号を月草といった。その徳永からは句作の面白さを教えてもらったようで、喬はやがて自ら俳句をたくさん詠むこととなる。

さらに、十年の八月に知り合って無二の親友となった吉崎直彦がまた文学肌だったので、つまり喬の周辺には文学好きの人間が揃っていたことになる。吉崎は八代市海士江《あまがえ》の出身で、いつの頃からか水俣に来て寿館という映画館で活動弁士をしていた。世はまだ無声映画、サイレントの時代だったのである。左翼運動の経験もあったという。右手が不自由だったが、弁士としての仕事には不都合はなかった。喬よりも年齢が七つ上で、いわば兄貴分といった感じだったろうか。喬に詩作を勧め、書いたものを見てやり、指導もしたという。時にはニュース映画を、映写のための器械をわざわざ淵上家に持ち込んで観せてやっていたそうだから、本当に二人は仲がよかった。吉崎は後に「葦南新報」紙上で「彼の発病と臥床の原因の八〇%が私に、ある」と述べている。しかし、確かに水俣に帰って来てから発病までの僅かな日々についてはしょっちゅう行き来し、遊んだりしたろうから「原因」になり得ているかも知れないものの、それは全体のごく一部分に過ぎぬだろう。自責の念に駆られる必要はないわけで、吉崎は喬の闘病生活にかなりな比重で貢献したのだった。第一詩集『誕生』の巻頭に収載されて表題作でもある作品「誕生」には、喬と吉崎直彦の友情が結晶している。

直彦が今日も来た
おい　また生まれるんだ

い丶ねと僕
なにかい丶名前がほしいんだ
うんと僕
考へといて呉れよ
うんと僕

直彦が今日も来た
炎とつけろよと僕
焔？　炎？
どつちでもい丶が　火の二つ重なる方が
い丶ぞと僕
男でも女でもか
うんと僕
直彦は黙つてゐた

ねえ　おい
この現実から始まる
新らしい児の時代　それはもう

絶対に信じてよいのだ
新らしい児を　めらめらと燃えさせるんだ　めらめらと

直彦は黙つてゐたが
僕と同じ考へである

よからう
女房にも言ふておこう
直彦は寒い夜道を
帰へつて行つた

この詩がいつ頃書かれたかはっきりしないが、喬の発案によって「炎」と名付けられた女の子は昭和十八年の三月六日に誕生しているから、逆算すれば同年初め頃かその前年ではないだろうか。昭和十二年七月に勃発した日中戦争に加え、日本は十六年十二月にはアメリカとの戦争に突入している。世の中はすでに戦時体制一色であった。とにかく、そのような時期、吉崎は喬のことだけでなく淵上家全般についても世話を焼いてくれていた。表沙汰になったらまずいようなことも引き受けて処理してくれたのだそうであった。

「九州文学」に登場

文芸同人雑誌「九州文学」の昭和十四年六月号に、淵上喬の本名で「金魚」という題の詩が載る。これが毛錢の詩人としてのデビュー作である。二十四歳の時であった。

あなたも　泣いてと
女は云ふ

女は　天国の金魚だ
接吻なんていやよ

私は神様が教へて下さつたほか
なんにも知らない

女は　裸で飛んで見せて
と云ふ

地獄の金魚に

私はなりたい
あなたは
泣いてるのと　女は云ふ

すでに述べたことがあるように毛錢は自らの青春時代をほとんど書いていないが、まったくないわけではない。右の詩は数少ないうちの一つである。ここでの「女」と「私」のやりとりは若い者ならではの世界である。といっても、あの波瀾万丈、行方定めぬ東京での青春遍歴を引きずったものではない。現在進行形というか、臨場感が活きいきと伝わってくる詩である。男の前でのびのびと奔放に振る舞う女、それに対して、馴れぬ事態に直面し、どぎまぎするばかりの初《うぶ》で不器用な男、という構図である。男と女のこうしたやりとりを描いたデビュー作。比喩のうまさ、省略と間《ま》のとり方の巧みさは見事なもので、悩ましい題材でありながら嫌味がちっともない。しかもたっぷりと余韻を残した詩であり、喬の詩世界は出発当初からすでに立派に完成されていたと見ていいのではなかろうか。南九州の一隅、水俣の町に淵上喬という詩人あり、と、少なくとも「九州文学」を目にした者たちは知らされたことになる。

喬が「九州文学」に詩作品を発表するに至った経緯は簡単で、つまり自分から直接原稿を送ったのである。当時の「九州文学」の編集発行人であった原田種夫が、翌月の号に「淵上喬君のこと」と題して紹介の文を書いている。

仰臥してゐるためペンではインクが思ふやうに出ないので鉛筆で書く、と言ふ断り書きをして淵上君は、数篇の詩を病床から送つてよこした。それらの詩は私に、瞬間加藤介春氏を思はせた。それほど異色ある作品であり、人生への一つの斫断《しゃくだん》を示してゐた。私は何のちゆうちよなく同人に推薦した訳である。

原田は、喬の送った数編の詩を読んでとっさに加藤介春を思った、と言っている。加藤介春は福岡の詩人だが、若い頃は東京で早稲田大学に学び、三木露風・野口雨情・三富朽葉・山村暮鳥等とさかんに交わった。頽廃的・耽美的な作風であり、喬の詩風と介春のそれとがマッチするか、どうか。しかし、それより介春は、大学卒業後は福岡市で新聞記者となっており、喬が「九州文学」に加わった昭和十四年当時は福岡日日新聞社にいた。明治十八年の生まれで、その頃は五十三、四歳であった。原田種夫は明治三十四年生まれの、当時三十八歳。原田を含めて火野葦平・岩下俊作・劉寒吉といった「九州文学」の中心メンバーはだいたい三十歳代の半ばから後半の人たちであったから、介春はいわば福岡方面の文芸界にあって彼等の大先輩格だった。だからここでは、そうした畏敬すべき先輩詩人が原田の身近かにいて、何かとその人を意識しつつ文芸活動を行なっていたのだ、ということを理解しておけば良かろう。

水俣在の淵上喬という無名の者は、もともとは文芸畑の人間ではない。チェロに熱中していたが、病魔に冒されて臥すしかなかった。「病気でもしてゐなかつたら決して詩などを書くやうな男ではなかつた。これは自分でも認めてゐる」と先輩の友人・深水吉衛は「生きた、臥た、書いた故淵上毛錢を語る」という回想記の中で述べている。ただ、周囲から勧められて俳句や詩を書く内に文芸に目覚めて以後の取り組み方は、本格的であった。だから文芸の世界がどう動いているのかについても、病床にあってちゃんとアンテナを張り巡らせていたようなのである。

「九州文学」という名前の同人雑誌は、最初、昭和十二年の八月に秋山六郎兵衛・浦瀬白雨・林逸馬らによって創刊されている。原田種夫編『記録九州文学（創作篇）』の中で、原田は、この秋山たちの出していたものを「第一期九州文学」と呼んでいる。翌十三年になって福岡県内に雑誌合同の波が寄せて来た。これは、一つには時勢というものが影響しており、大陸で戦争が進行する中、当局は雑誌の統制を強めてきていた。原田の言い方を借りれば「例えば、文学雑誌は一県一誌といった工合に統合する――ことが、わたしたちには、おぼろげながらもわかっていた。したがって、小異を捨てて雑誌が合同することが賢明な方法だ、ということを知っていた」のだという。それともう一つ、火野葦平の「糞尿譚」は昭和十二年十一月に「文学会議」第四冊に発表された作品だが、これが十三年二月、第六回の芥川賞に選ばれたことである。当時火野は大陸に出征中だったので、文芸評論家の小林秀雄がわざわざ文藝春秋社の特派員として杭州の戦地へ出張し、賞金と副賞（時計）を本人に渡している。この火野の受賞は刺激となった。そこで、昭和十三年の夏、「九州文学」「とらんしっと」「九州芸術」「文学会議」の四誌が合同し、誌名を「九州文学」とすることになった。これがいわゆる第二期「九州文学」である。

同人雑誌「九州文学」（水俣市立図書館蔵）

紆余曲折《うよきょくせつ》をへて、第二期「九州文学」が市場に出たのは、昭和十三年九月三日であった。百二十ページという大冊で、同人五十人、地方にかつてない大世帯の雑誌だった。だが、前年九月にはじまった国民精神総動員の波が高まり、生活が窮屈になった頃なので、印刷用紙も色が黒いザラの最低のものだった。わたしと山田牙城の「九州芸術」の同人—全九州にまたがる—がそっくり第二期「九州文学」に入って主力を成している。

（『記録九州文学（創作篇）』所収、「九州文学小史」）

と原田種夫は回顧している。あの時代の息苦しさが惻々《そくそく》と伝わってくるが、ただ合同を果たして良かったことは、一つには人数が増えた。それに加えて、三十歳代の元気良い書き手たちが雑誌の中枢を担っていた。彼らは若かったし、火野の芥川賞受賞に刺激を受けていて活気があったのである。淵上喬はこの「第二期『九州文学』」に参加を志願したことになる。そして、みごと編集者・原田種夫の眼鏡にかなったのであった。

蝶々と地獄の金魚

昭和十四年六月号にデビュー作「金魚」を発表した後、淵上喬の名は「九州文学」誌上に頻繁《ひんぱん》に現れる。次の号で原田種夫が「淵上喬君のこと」と題して新同人を紹介する文を書くし、ついで八月号に喬自身が「山之口貘いろ〳〵」を寄稿したことはすでに触れておいた通りである。十一月号には「新世界より」という詩を発表。十五行の短い作品であった。年が明けて十五年の二月号には「花乞食」という詩が掲載される。

いいお天気さまだ
泣きたくなりさうだ
笑つてるよ　乞食が
ちよつとだけ
かなしいのだ　人間が
それはね
むつかしいはなしだ
乞食は
花や花を食べるといい
それでも

ひだるけりや
神さまが
愛といふものを下さる
明日の太陽が
ほしいなら
愛なんて
食べつちまへ

この詩で「乞食は／花や花を食べるといい」のところがちょっと分かりづらいが、他の行は平易な言い回しで展開している。喬の詩には、以後もいったいに難しい言い回しは見られない。ひねりの利いた直喩・暗喩に惑わされることがあるとしても、ことばそのものは辞書を引かねば理解できぬようなものは用いなかった。これは詩人としてのセンスの良さや明晰さがもたらすのであって、渕上喬の特長の一つと評すべきだろう。

天気良い日の、しかも少しだけ気怠さもあるような日和《ひより》の時の平和な空気が表現されている。ここで「乞食」には作者によって癒しの気が吹き込まれる。花や愛が与えられ、メルヘンの主人公のようだ。現実というものが目の前にありながら、そこを透視して澄みきった別世界を構築する、喬はこのようにも知的な抒情世界を持った詩人なのであった。さらに言えば、喬の詩には農民や身の回りの小動物を題材にしたものが結構あって、しかもそれは彼らへの親近感に裏打ちされている。

この「花乞食」にもそれがあるのではなかろうか。そして詩人を苦しめている結核性股関節炎という病気の影はこれといってまだない。まだないどころか、翌々月にはまた恋愛詩が載った。「てふてふさん」である。

ふゆ日　晴れて
蝶が　てふてふが
をとこは孤高なるを愛したり
蝶は　彩うつくしく
とほくもたかく
舞ひまふを愛したり
男は　舞へぬなり　あはれ
舞ひを愛すも

ひとりを愛すも
そは生くるがことなり
さあれ

蝶とぶ空は碧くとも
男泣く　まなこ　あをくとも
愛の哲理は泉の如く湧かぬもの
ほろび行くものは
つねに独り　人の世を愛すとは言へ　つねにひとり
蝶蝶のいのち　男のいのち

ふゆ日　晴れて
蝶は去れり
男は黙して歯並をなめかぞへたり

さてこの「てふてふさん」であるが、どこかで同じような詩を読まされたとは思わないか。そう、これは「九州文学」へのデビューを飾ったあの「金魚」と同じ構図で成り立つ詩だと言える。蝶々の方は「舞ひまふを愛したり」、実に自在にふるまう。一方で男は「孤高なるを愛したり」とあるが、要するに自分の殻を破ることができないわけだ。違うところがないのではない。それは、「金魚」の場合、「金魚」と「私」の関係はまだまったく現在進行中で、その中で奮闘努力しながらも「地獄の金魚に／私はなりたい」と嘆いて詩が結ばれている。それが、この「てふてふさん」では最後に蝶が去ってしまう。蝶に去られた後の「男」は「黙して歯並をなめかぞへたり」と、事が不首尾に終わってしまったことの後悔を噛みしめている。そこのところが違うのだが、全体に恋愛の場面の相手と男との関係を言えば、「金魚」と「てふてふさん」は同工異曲《どうこういきょく》、双子みたいな作である。

「金魚」と「てふてふさん」には、モデルと見なされる女性が存在する。喬よりも九つ年下、淵上家に家事手伝いに行っていた人である。「金魚」「てふてふさん」が発表された昭和十四年頃には

十四、五歳だった。それ以前から淵上家に出入りしていたのだが、この人の記憶によると「喬さんは何でんかんでん厳しかった」のだそうである。厳しいし、しかも喬は九歳下の少女に対してわがままに振る舞った。二階にいて、セミダブルのベッドに寝ており、用があれば鈴を鳴らして呼び立てる。どうかあると叱るので、か弱い少女はすぐに泣く。そんな時、いつも喬の母親の夕子《たね》さんがかばってくれて、「喬、あんまりもどかすな！」と息子を詰《なじ》っていたそうだ。「もどかすな」は、水俣弁で「苛《いじ》めるな」という意味である。かと思うと喬はやさしくもあり、なにかと可愛がってくれた。放浪していた時分のことを、「東京では俺のあとを女優さんがいつもついてきよったっゾ」と自慢することもあった。喬は少女相手にホラを吹いて愉しんでいたのである。ホラ吹くだけでなく、得意のチェロやあるいは三味線までも弾いて聴かせてくれたという。ベッドの傍には回転式の本箱が置かれており、いつでも書籍が取り出せるようになっていた。その本箱以外のところにある分は、少女がとってやっていた。食事の時は、食台をベッドの上に据えて、レースをかける。そこへ食事が運ばれるのだが、御飯は海苔を巻いたおにぎりにしてあることが多く、おかずは食べやすいように並べてある。喬の母親は料理の先生だったそうで、手際もよかったようだ。ともあれ喬がそのようにしつらえられた食事をとるとき、少女はベッドの傍で正座して待っていなくてはならなかった。終われば片付けるのである。

喬の患部であるが、穴が二箇所あいていたという。そこから膿《うみ》が出て来る。膿の処理をしてやっていたのは八代から来ていたお手伝いさんで、稲を燃やして灰にして、障子紙で作った袋に入れる。それを平らにして患部に当てて、膿を吸い取ってくれていたそうだ。

少女は、昭和十八年の十二月に満州に渡った。彼女たちが別れの挨拶に行った時、喬は、「……うん」とだけ言って、あとは無言。さみしそうだった。そして少女は二十年一月二十日に満州から帰ってくるが、その折りにも挨拶に行ったところ、喬は二階でなく一階に寝ていた。「蔵元のしんぺい殿《どん》が担《かろ》うて下に降れっくれらったっゾ」、喬はそう言った。「あら、良かったなあ」と少女。そのようなやりとりが行われた。さらに、これはその後もう戦争も終わってからのことと思われるが、訪ねて行った時に、喬が自分のペンネームを毛銭としたという。だから「喬さんは銭の儲かったけん毛銭ってつけたとかいな」と少女がひやかすと、「お前はいつもそげんこつ言う」、笑っていたそうだ。ついでながら、喬は少女に対していつも「こらあうまかち、言うとってくれ」とか「〇〇どんの担《かろ》うち下に降れっくれらったっぞ」などと生粋《きっすい》の水俣ことばで喋っていたそうである。でも、文芸・芸術関係の人が訪ねて来たら途端に標準語で喋ったというから、喬の中で水俣弁と標準語を使い分ける基準があったのだろう。だが、ともあれ喬は「女優さんがいつもついてきよったっゾ」などと少女に対しては純粋水俣弁で話しかけていた。詩の中身を思うと、似つかわしくない気がする。そしてそのアンバランスがほほ笑ましくもある。

いや、方言のことはともかくとして、である。モデルとなった人は、とにかく喬より九つも年下で、当時まだ少女であった。その子を相手にして、淵上喬という病人は何につけても厳しかったし、わがままであった。こき使うし、叱って「もどかす」のであった。そのようにして横柄にふるまいながら、「金魚」の中の「私」は「神様が教へて下さつたほか／なんにも知らない」と嘆くし、せめては地獄の金魚にでもなれないかと泣く始末だ。「てふてふさん」の中の「男」は、自在に飛んで舞い、あげくには去って行った蝶に対して為す術《すべ》もなく「默して歯並をなめかぞへたり」といった体《てい》たらく。現実の「喬さん」と詩作品の中の「私」「男」とのこの食い違いは、どうだ。あまりに違いすぎるので、眉に唾をつけて疑いたくなってしまうが、しかし詩は詩で自立する。自立した詩を読む限り、ここには至って純情な、少年のような魂が震えている。そのことを否定するわけにはいかない。

言うなれば、淵上喬は「九州文学」に拠《よ》って詩人としてデビューする際に結構ウブな恋愛心情を吐露してみせた。東京で遍歴・放浪を重ねた蕩児、しかしその精神の底の底には、実はこのようにもピュアなものが満ちていたのだったかと思われる。子どもの頃に腕白ガキ大将として横暴にふるまう一方で、家に級友が遊びに来れば「ゆう来て呉れたない」とひどくおとなしい一面を見せたのと同じように、である。

同世代の人たち

淵上喬の同世代にはどんな文学者たちがいただろうか。ここで、ちょっとだけ眺め渡してみる。すでに話題にしたように、『戦後詩史論』の冒頭で、吉本隆明は、現代詩人のうち特に昭和初期の日本の社会が生み出した不定職インテリゲンチャの群れに属する現代詩人たちに関心を持つ、と述べていた。そしてその「不定職インテリゲンチャ」たちの中から七人の詩人の名を挙げていたが、それを生年順に並べてみると岡崎清一郎と尾形亀之助が明治三十三年、次いで小熊秀雄は三十四年である。二年後の明治三十六年に草野心平と山之口貘が生まれており、逸見猶吉は四十年。そして大正四年、淵上毛錢。すなわち七名のうち六名までが明治生まれであり、大正生まれの毛錢すなわち淵上喬は「不定職インテリゲンチャ」群の中ではしんがりに位置することになる。

　こうやって見てみると喬と彼らは同世代であったとは言い難い。そこで、喬の生まれた大正四年、その前後に出生した人たちを挙げてみると、ざっと次のようになる。

明治四十四年　田村泰次郎・中村光夫・椎名鱗三・田宮虎彦
明治四十五（大正元）年　武田泰淳・福田恆存・宮柊二・檀一雄
大正二年　荒正人・近藤芳美・織田作之助
大正三年　立原道造・北条民雄
大正四年　丸山豊・勝野ふじ子・梅崎春生・野間宏・石原吉郎
大正六年　島尾敏雄・小島信夫
大正七年　矢山哲治・中村真一郎・福永武彦・堀田善衛
大正八年　佐古純一郎・加藤周一・安東次男・吉岡実・安西均
大正九年　安岡章太郎・鮎川信夫・阿川弘之・三好豊一郎・関根弘
大正十年　庄野潤三

　こうして眺めてみて、正直なところ喬が立原道造と一歳しか違わぬ同世代であることにまず驚かないか。これは、立原が若いうちに逝った（昭和十四年歿）から、ついついずいぶん前の世代に属していたかのような印象になってしまうせいであろう。さらに気づくのは、椎名鱗三・武田泰淳・梅崎春生・野間宏ら第一次戦後派が喬の年上や同年にいるかと思えば、すぐ年下に小島信夫・安岡章太郎・庄野潤三といった「第三の新人」が並ぶのである。椎名たち第一次戦後派がおおむね若い一時期に左翼体験を持ち、戦時体制の中では鬱屈した雌伏の日々を過ごしたのに対して、第三の新人は戦争を自明の現実として受け止めて過ごさざるを得なかった世代と言えよう。では、喬はどうか。また、喬は労働運動に足を踏み入れたことがあるようだが、自分の青春を賭けたものだったか、どうか。また、追い追い見ていくつもりだが、戦争という事態についても大政翼賛会的にのめり込むことはなかったものの、だからといってはっきり反戦的だったわけでもない。そうした意味で、世代的には第一次戦後派に重なるものの、時代の過ごし方については第三の新人たちと共通するのではなかろうか。

九州に限って見てみると、喬が「九州文学」に加入した昭和十四年当時、長崎市には長崎高等商業学校海外貿易科の学生として島尾敏雄が、そして福岡市には旧制福岡高等学校から九州帝国大学に進んだ矢山哲治がいた。矢山はすでに第一期「九州文学」にも準同人として加わり、第二期「九州文学」が発足してからも詩を発表していたが、先輩同人たちのリアリズム重視の傾向に飽き足りない思いを抱いていた。それで、自分たち福岡高等学校のグループを中心にして島尾ら長崎高等商業学校組にも呼びかけて、同人雑誌「こをろ」を同年十月に創刊する。喬はこの矢山たちとウマが合いそうなものなのに交流はしておらず、結果的に矢山とは違って「九州文学」のワクから出ることはなかった。

淵上喬と同じ大正四年生まれの勝野ふじ子は「九州文学」同人でもあり、水俣にわりと近い鹿児島県薩摩郡入来村副田（現在の薩摩川内市）に住んでいた関係もあってか交友が生じている。勝野は「九州文学」昭和十四年七月号に発表した「蝶」が直木賞候補になるなどして、力のある作家だった。十八年の六月下旬には水俣へ見舞いに来てくれて、淵上家に三泊している。八月に原田種夫が水俣へ遊びに来た折りには、喬は勝野ふじ子も呼び寄せた。そのときの勝野はすでに肺結核に冒されており、痩せていた。このときは二泊したが、夜っぴて咳をするので原田は眠れなかった由である。惜しいことに、十九年三月二十一日、二十九歳の若さで世を去った。その年の「九州文学」六月号に発表した喬の「水仙さま」は勝野の死を悼んでのエッセイと詩で、詩の方はなんとも寂しそうである。

僕はなあ、
さびしいぞ。
それになあ、
紺飛白《こんがすり》の袖に、
夕陽が溜つてなあ。
眼がなあ、
あけられなくて

そしたらなあ、
一本道を風が
通つて行つてなあ。

残された者はなあ、
輪になつて
昨日きのふを積んでなあ、
菜の花が咲いて
僕はなあ。

久留米市の丸山豊も同じ大正四年生まれで、喬が「九州文学」に加わった昭和十四年にはすでに詩人として盛んに書いていた。同年九月には軍医予備員候補者として歩兵四八連隊に入隊し、十六年からは中国雲南省やフィリピン、ジャワ、ビルマ等の南方戦線を経巡《へめぐ》って、復員したのは二十一年の六月である。その後の丸山が医院を営みながら詩誌「母音」に拠って自らの詩作のみならず数々の詩人を見いだし、育てたことは、詳述するまでもないだろう。喬の遺品の一つ「人名簿」には丸山豊の名前も住所も「母音社」も記載されており、二人の間にはなんらかの交流があったと見なしたい。なお「母音」には水俣市出身で喬の家からすれば川向こうの町なかで育った谷川雁が参加し、詩人としても思想家としても果敢な出発を果たすのであるが、この人は喬より八歳下、大正十二年の生まれである。

菊盛兵衛という名の詩人

昭和十五年になって、六月、母夕子《たね》が亡くなる。享年六十三歳であった。父・吉清の方はすでに大正十年に四十四歳で死去しており、これで喬は両親を喪ったことになる。喬にとって、さんざん苦労をかけた母との別れは格別のものがあったろう。

この十五年当時、田中房枝という看護婦が母の看護のため淵上家に来てくれていたのだが、引き続いてそのまま喬の世話もすることとなった。田中房枝は、松橋町あたりの出身。看護するばかりか、家事や防空訓練など雑事をこなしてくれたふうである。家の全般的なことについては吉崎直彦が取り仕切ってくれた。「この頃、淵上家の収入、得米三十八俵、家賃収益二百円程度、女中二名、看護婦一名をおき、月に五百円かかる」（「道程」第二十号・淵上毛錢追悼号年譜）という記録が遺されている。「得米三十八俵」は小作からの上がり分であろう。この数字をそのまま信用すれば、収入に対して出費が二倍半もかかっていることになり、喬の病気療養に係わる経費が家計を圧迫していたことが察せられる。なお、この年の十二月十五日には弟の庚が兵隊として入営して、澎湖島へと赴いている。

さて、昭和十六年九月、熊本市の荒木精之が主宰する月刊雑誌「日本談義」に「ろうまん」と題した詩が載った。作者名は菊盛兵衛といって、初めての登場であった。

ろうまん

なんでもよい　科学といふもの。
それは結局新しい線のことだ。
思ふてもみよ世の中といふ所は
線　線　線だ　線だ　線だらけだ。
大きいの小さいの新しいの旧いの
長いの短いの美しいの汚いの
曲り曲つたものまであるんだから。
人間は絶対に逃げられんのだぞ。
線に精神なんぞあるものか。
まて、あゝ愛か…………。

分かるような、分からないような詩である。科学は新しい線であり、世の中は科学だらけだ。人間はこの科学から逃げられないし、科学に精神などまったくない。しかしながら、「あゝ愛か…………」、詩はそこで終わっている。曖昧さが印象として残ってしまう作品だ。それはさておき、初登場であれば、編集後記で作者についてなんらかの紹介記事がありそうなものだが、何も書かれていない。ともあれ、菊盛兵衛という詩人が「日本談義」誌上に初登場した。そして十月号に「冬がくる」を、十一月号には「大根抒情」とたてつづけに発表したものの、その後なぜか「菊盛兵衛」という名は現れなくなった。

では、この菊盛兵衛とは何者だったのであるか。実は、淵上喬のことなのである。名前の読み方は「きくもり・ひょうえ」なのか、あるいは「きく・もりへえ」であるか判断つきかねるが、いずれにしてもなぜまたこのようなペンネームにしたのか、由来は何にも伝わっていない。「日本談義」への入会は同年三月だったが、実際に作品を寄せたのは九月号の「ろうまん」が初めてであった。

冬がくる

けふも
夕まで
なにごともなく
生きた。

じぶんで自分の
顔がみえないやうに
——くらくなる—と

一切が
瞑目の底にしづむ
おろかなる生き人に
かかはりなく
暗い北風は吹いてくる。

私は静かに小犬と
さぶい冬を
待たう。

「ろうまん」の次に発表したこの同年十月号所載「冬がくる」は、静謐《せいひつ》な抒情に裏打ちされた佳品である。「けふも／夕まで／なにごともなく／生きた」、この三行の一語一語に自らの生存を噛みしめている姿が見える。ちなみにこのフレーズは、「約束」という詩にも現れる。夕暮れてあたりが暗くなることも北風が吹くことも、さらに小犬と静かに寒い冬を待つことも、一つひとつが生きている証《あか》しとして在る。これは、当然、病いの不気味な進行をも内に抱えて書かれている。喬の病いとの闘いが、このようにして徐々に作品の中に反映されてくるのである。

大根抒情

よごれない
真白い　だいこん
あはれそのしろさ
ひようげた
その尻つぽに
私はほつとする
蕊から
しろいのが
たまらなく
薄暮
たまらなさを
冷たく　食べて
冬が來た

先に述べたように「菊盛兵衛」の名前で詩を発表したのはこの作品までであったが、やはりこれも病いとの闘いが秘されていないだろうか。身近なものを目にするときの心の裏側に、病床での不安や体の痛み、家族との軋轢《あつれき》等が押さえ込まれているはず。押さえ込み、耐えているから、目の前の大根の芯から白いのがたまらなく胸に迫ってくるのだと思う。そしてまた「冬がくる」「大根抒情」には、あの伝説的な腕白知恵者の喬は影をひそめている。その代わりに、夏風邪を引いたときに様子を見に来てくれた級友に対して「ゆう来て呉れたない、ひとりで寝とっと淋しかっぞ」とか「蝦ばとり行ったっやあー、うんととれたかい」などとしんみり話しかける、たいへんナイーブな人柄の喬少年が居る。

百姓もまた

喬は昭和十六年に「菊盛兵衛」というペンネームで「ろうまん」「冬がくる」「大根抒情」を発表したが、翌十七年にはまた本名に戻って詩作品を発表した。詩の中に世の中の動き、とりわけ戦争が投影されてきたのもこの頃からだと言える。吉本隆明が『戦後詩史論』の中で引用し、「農本ナショナリズム」の方向へ向かっていると指摘した作品「百姓もまた」が「九州文学」に現れるのが、この年の三月号である。

百姓もまた

寒か風

雨まで降るごていろかい
麦の芽も出た
有難いことだ
世界地図ば見ろ　赤うにぬつてある
こまか　ながいところば
日本は強か　日本な強かぞ
絶対に。
あゝ祖父《ぢい》よ
燃えてゐる　燃えてゐる
燃えてゐるとも

大根一切れ　梅干一つちよで
いふな　いふな
泥ば食ふても
いふな　いふな
泣くな　祖父《ぢい》
俺と麦にこえばやろ
麦に。

寒い風の吹く冬のさなかに麦の芽が出てきたことが、希望の徴《しるし》として扱われている。そしてそれは、「日本な強か」ことと関連するはずで、この麦がしっかり育つことは、自分自身のためにも有為に働くだろう。だから「俺と麦にこえばやろ」と言っているかのようである。詩全体が土臭い水俣弁で書かれており、「ろうまん」「冬がくる」「大根抒情」に漂っていたモダンな抒情性は後方へ退いている。「農本ナショナリズム」の方向に向かっていると見なされてもいたしかたない面が、出ているかも知れない。

三月には「日本談義」にも詩を発表している。「明日」という作品で、詩の後半部分に、

兵隊の弟から褌を送れとの
便りがあたたかい
相変らずの字だけれど
あいつは――

明日は晴れよう

亡き母手縫の

袷絣をかさねて

私はまがつて

寒く寝た

明日は送らねば。

とあって、弟・庚《かのえ》が戦地にいることが分かる記述となっている。ちなみに庚は、昭和十五年の十二月十五日にはすでに兵隊として入営し、台湾の澎湖《ボウフー》諸島に勤務していた。つまり「百姓もまた」にも「明日」にも当時の状況がにじみ出ている。日本がハワイの真珠湾を急襲してアメリカとイギリスに対して宣戦布告を行なったのが、十六年の十二月八日であった。日本は南進し、同月十日、マレー沖海戦。二十五日には香港全島を占領している。年が明けて十七年の一月二日に日本はマニラを、さらに二月十五日にシンガポール、三月一日にジャワ島上陸、同月八日ラングーン占領。四月に入ってニューギニアに上陸し、十一日にバターン半島占領。五月七日にはコレヒドール島を占領、というふうに日本軍は止まるところを知らぬ進撃を続けたのであった。そして、六月五日のミッドウェー海戦で米軍に叩かれ、これを境に戦争の形勢が一気に逆転してしまう。

「百姓もまた」も「明日」も、発表されたのが三月ならば執筆はその一ヶ月ないし二、三ヶ月前だったかと思われるが、その頃はまだ日本軍の進撃が続いており、国民の間に戦勝気分が広がっていた。水俣で病床に臥せっていた喬にもそれは影響を与えたので、「日本は強か　日本な強かぞ」、このフレーズが湧いてきたものと思われる。喬のこの二つの作品は、同年六月に京都の国民詩人協会から刊行された『戦時日本詩集』に収載されている。事のついでに言っておけば、同じ本に八代市の古川《ふるかわ》嘉一《かいち》の作品も「古川嘉文」の名で「姿勢」「火山」が収録されている。この古川との関係については後でまた扱うこととして、両人はこの当時まだ知り合っていない。だが、戦後になって出会いが生じて一緒に雑誌「始終」を発行する二人は、それ以前にこうして偶然にも同じ本に名を連ねていた。お互い、同時代を生きていたのであった。さらに喬は、同じ年の十一月、「詩文学研究」第十三号にも「百姓もまた」を発表している。一年のうちに三度も同一作品を発表したことになり、喬はよほど自作に愛着を持ったのだったろうか。あるいは、時節柄「日本な強かぞ」とうたいあげる点が推奨されての転載だったろうか。

参考までに言っておけば、喬は翌年刊行した第一詩集『誕生』にはこの「百姓もまた」を収録している。しかし、戦後の第二詩集『淵上毛錢詩集』になると、これはその中に『誕生』収載の分もずいぶん改稿して再録し、いわばそれまでの詩作活動の集大成版という性格が持たせてあるのだが、しかし「百姓もまた」はなぜか入れていない。

さて喬は「百姓もまた」で「日本な強かぞ」とうたいあげたわけだが、同じ昭和十七年四月に「日本談義」に発表した「麦笛一刻」ではどうだったろうか。冒頭部分を引くと、

麦笛が聞える

私は出た

子供たちだ
みよ　これ　が　いくさ　を　してゐる　国　の　姿　か
このひととき
あ　り　が　た　い　た　だ　も　う　そ　れ　だ　け
子供は未来だ

淵上喬は戦争をどう見ていたか。少なくとも、昭和十六年や十七年の時点で言えばこの「麦笛一刻」は象徴的であろう。今、目の前にある「未来」、それは麦笛で遊んでいる子どもたち。戦局よりも、眼前の子どもたちに目が行き、その未来に期待を賭ける。喬にとって、戦争は遠いところで行われているのであった。つまりは、「百姓もまた」「明日」「麦笛一刻」といった作品は否応なく戦時下の空気を含んで成立しているが、戦意昂揚に役立っていただろうか。どうもそんな感じではない。ただ、かといって喬は好戦の対極の厭戦ないしは反戦の人でもなかった。言うなれば、病床にあって付近の庶民たち同様、伝わってくる戦況の一つ一つに一喜一憂してはいた、そうしながら自分たちの日々の暮らしは暮らしでなんとかやっており、病気との闘いをしていたのだったろう。

第四章　病床詩人と戦争

病床にあって最も近しいものは

喬の詩で戦時下の雰囲気が出ているものを、もう少し見てみよう。「日本談義」の昭和十七年五月に発表した「白き粥」、これは第一詩集『誕生』には「お粥」と改題されて収録された作品である。

白いお粥に
単衣の風がやつて来た
私にもあの紺のにほひの
着物がほしい

兵隊の弟は目方も増えたといふのに
この手は　まるで

れんとげん写真のやうだ
れんとげんが紺絣の単衣を着れば
おかしいね

弟よ　ふとるのはうれしいが
団子《だご》酒とかは余りやつてくれるな

お粥を食はう
食ふよ　だが
単衣のお粥は冷たい方がいゝんだ

その朝　麦畑は
まことに光つてゐた

寝台へ座れるやうになつたら
神戸の叔父さんに
望遠鏡を買つて貰ふんだ

お粥はだまつて
ゐた。

「明日」と同様、この詩にも弟のことが出てくる。「目方も増えた」とあるのは、たぶん弟が便りの中でそう記しているのだろう。だが、便りとともに送られてきた写真をみるとガリガリに痩せているので、「れんとげんが紺絣の単衣を着れば／おかしいね」と冗談気味ながら心配な心持ちを表現している。家族を安心させるために弟が嘘を吐いて「目方も増えた」などと便りしたのは、作者としてはとっくに見抜いている。作中、「団子酒」というのがどんなものなのか不明だが、とにかくこれはやんわりと酒を飲み過ぎないよう説いているのである。詩の中で大きいのは弟のことであり、戦況ではなかった。

病床に臥せっていた喬にとって最も近しい親しいものとは何だったろうか。そこで見てみたいのが、同年八月に「九州文学」に発表した「家系」という詩である。

まづ
仏様に上げてからと

父は訓へ給ひ
母は忘れずに行ひ給ふた

父を喪ひ
母に亡くなられて

いつか　私も
仏様《ほとけさん》に上げてからと言つてゐる

お燈明《あかり》を上げ　鉦をならし
眼を瞑つて　拝む

なじみになつた青い線香が俳句のやうに
匂ほつてくる

父祖の恩を胸に刻み
ときには

兵隊の弟の勇ましい鉢巻姿を思ひうかべることもある

顔を上げてほつと息をつく

子から子へ　子から子へと

あゝよきかな　絶ゆることなく
承け継がれて

えもいはれぬ　祖国は

栄え輝く。

難しい措辞《そじ》はまったくないので、スラスラと読めよう。「なじみになつた青い線香が俳句のやうに／匂ほつてくる」、この部分にだけ直喩が用いられているが分かりやすいし、「俳句のやうに」との喩え方は心憎いセンスの良さである。そしてここには子ども時代の腕白知恵者の生意気な姿も、東京で放埒な生活を続けた放蕩息子のすさんだ顔つきも消え失せている。あるのは亡き父母への報恩の情であり、兵隊にとられている弟への愛情であり、「絶ゆることなく／承け継がれて」きた、つまりは先祖代々承け継がれてきたあらゆることへの敬虔な帰依《きえ》の心である。先祖代々、日常茶飯事を営みつづけてきた家々の集積、それがこの詩における「祖国」だ。ここのところを掴まえておかないと、戦時下の喬の詩は読み誤ってしまうことになろう。昭和十九年の六月に「日本談義」に発表した「大恩の夜」についても、言えることである。

くらしはらくではないと言ふ。
だがそれはどこまでもくらしの話である。
切実な五体はいまだに無事であり、
蚊帳に寝て、冷んやりとした
畳の感触の忝なさを味はひ、
明日の清水さへ約束されてゐる。
それでもらくではないと誰が言ふ。

大恩に疼く日本の夜は
艱苦を甘受し、
ゆつたりと胸ひらき、
ただ一筋に貫かんとする、
その絶した表情で燃えてゐる。

ああそれにしても
戦ふ日本の夜はいま極まりて、
山河またこの静けさである。

月光に濯はれてゐる古代の
鎧のごとき屋根屋根の下には、
信じられてゐるものの
無類の安らかさで、
しつとりとした月見草に取まかれ、
素朴な煮しめのやうに
義理と人情が眠つてゐた。

戦局が次第に悪化し、国民の暮らしは追いつめられていた。そうした当時の状況が反映されていることは、読めば分かる。だが、作者は、五体は無事であり、蚊帳に囲まれて寝られるし、畳の感触がかたじけなく、飲み水にも不自由はしない。だから我慢ができる。そして、戦争まっただ中にある日本であるが、夜、「山河またこの静けさ」なのである。では、そこには何があるか。屋根屋根の下に素朴な煮しめのような「義理と人情」が眠っているという、この最後の一行が重要ではなかろうか。「家系」では先祖代々承け継がれてきたものへの帰依を表明し、この「大恩の夜」では義理と人情に篤い庶民への親近感が表明されている。戦争という大情況を軽んじていたわけではないが、毛錢には自らの身のまわりに日々営まれる庶民の生活の方がより強い存在感を有していたのではなかったろうか。喬はやはり基本的にはそのようにしてこの時期を過ごしていたと思える。

喬の内なる大きな変化

先の「家系」で展開されている御先祖を敬う思念は、喬の幼少年期をよく知る人たちにとっては意外な展開だったはずである。故郷水俣での腕白ぶりは単に元気の良さが発揮されただけと見なすとしても、熊本や東京での放埒《ほうらつ》な生活、青春遍歴についてはそれだけでは説明できない。「血への反逆」とでも言おうか、己れの出自を全面否定したい衝動に駆られていた面があったと思える。それが、病いを得て故郷の家に臥してからはいつのまにか「仏様に上げてから」を自分でも言うようになったのである。昭和十八年四月下旬に小野八重三郎に宛てた手紙によると、喬は永らく生家の二階で療養していて、仏壇のある一階の方の様子はほとんど知らないで過ごしていた。十七年の夏になって二階から下りたのだが、それで初めて付き添いの看護婦がいつも先祖の命日のおつとめをしてくれていると知り、心動かされて「家系」を書いたのだという。そういえば、この年には観音経の写経を始めていることが翌十八年六月三日付の小野氏宛書簡で見ることができる。喬は、「山本元帥・アッツ島の忠烈と弱者の存在が国家の総力戦にどの位マイナスをなすか。個の自覚は辛いものです。この負擔を抱いて病気と闘つて生きることは容易ではありません。私は昨年から観音経の写経を始めてゐます。これで第二回目です」と手紙を書き起こした上で写経を始めたいきさつを綴っているのだが、それによると淵上家に昔から祀られてきた観音堂のことが関係している。喬自身は「信仰してゐるわけでもありません」し、観音堂がいつ頃どうやって屋敷内に祀られたかも分かっていない。ただ、喬が病気になってから母夕子がひどく心配する。観音堂の位置が悪いから、それがわが子の体に障るのではなかろうか、屋敷内のどこか良いところへ移したい、と言って、易者にも二度三度と見てもらったそうである。だが、実現には至らず、気にしながらも母親は昭和十五年の六月に亡くなる。息子としては母親の気持ちは「かなしくも尊いもの」とは認めつつも強気に笑ってすましていたが、いざ死なれてみると観音堂のことが気になりだした。母親の真似をして易者に頼るようなことはせぬものの、「裏にゐなさるので淋しいのだらう」と考えるに至った。淵上家の観音堂は家の裏の畦道のところにあった。これを表通りに出してあげれば、わが家の者だけでなく道を往来する人たちも拝んでくれるだろうし、祭の時も賑わうだろう。子どもたちもお堂のところに集まって遊び場所にしてくれるだろう、と考えて、家の前の本通り沿いの方へ移動することにしたのだった。

移転作業はかれこれ半年もかかったから、結構大変だったようである。しかし、移転作業中にも、世話役の人が、移転作業完了の際にはお祝いをしようと酒の特別配給を役場に頼んでくれた。そこまではよかったものの、世話人は、祝いの前まで待ちきれなかったのか、その前に自分で呑んでしまい、喬を怒らせてしまうという「面白いこと」があった。それに、観音堂が表の方へ移ると町内の人たちがとても喜んで、お参りしてくれるし、賽銭が上げられる。お堂の掃除もしてくれるし、誰がしてくれるのか花まで飾ってある。

毛錢生家前の観音堂

> 観音様も今迄裏へ引込んでゐなさつて、時たま重太んどんの話や蛙の声を聞いて淋しく思はれてゐたでせうから、今は大いに御機嫌だらうと思つてゐます。まァ、寝てい丶ことをしたと思へるのはこの事位かも知れません。最初反対した人も多かつたのですが、私は云ひました。い丶と信じてすることは結果が悪くても（といふのは尚祟つて私が死ぬなど）悔ゆる所はないではないかと、大いに説いたものでした。

喬の上機嫌な顔つきが浮かび上がってくるような文面だ。そして、このような時に、「何を思ひ立つてか、写経を供養にと思つて新しい鎮座台の上に納めた」、これが観音経写経のきっかけだったことになる。二十八歳の時の出来事であった。

ところで、右の文面中に「重《じゅ》太《た》んどん」という名が出てくる。この人は何者か。元山重太郎《じゅうたろう》という人である。淵上家に出入りしていた人力車夫で、田畑も耕した。水俣在ではたいへんな人気者だったそうで、仕事がきつくてもさっぱりした表情で「昔に比べたら、今は道も鉋《かんな》ばかけたごとございます」と人に語ったり、後に年老いて養老院に入れられても愚痴一つこぼさなかったという。人々は重太郎のことを「重太殿」、しかも発音も縮めて「じゅたんどん」と呼んで好意・敬意を表した。喬自身が、詩に書いている。題名もズバリ「重太んどん」である。

まこてぇ
よかお天気で
重太《じゅた》んどんが　稲をこぐ稲をこぐ
籾が　光る　光る　積る　積る
はい　ほんに　よか出来ですとお
稲束　稲束　次から　次から
今年あお蔭で
兵隊さんのお蔭で実も固うござす
稲束　稲束　次から　次から

祖父《ぢい》さんのお下《さが》りから
背骨ば出して

重太んどんが　稲をこぐ稲をこぐ
籾が　光る　光る　積る　積る

ちくしよう日本なよか処ぞ

重太んどんが　精出《がまだ》す精出《がま》す
稲束　稲束　次から　次から

光る　光る　籾が　籾が
光る　光る　積る　積る

まこてえ
重太んどん　今夜どむあ
むぞか孫ぢよども抱いて

一杯やろや

この作品は第一詩集『誕生』に収められたが、刊行と同時発表のかたちで雑誌「日本談義」にも載っている。重太んどんもこれを読んで、大いに喜んでくれたそうであった。昭和十八年四月二十五日付の小野八重三郎宛て書簡によると、重太んどんは淵上家の裏の田をいつも耕していたそうである。前年の秋、重太んどんが実った稲をさかんに脱穀機にかける作業をやっていた。その音がひどかったので、喬は昼寝ができなかったという。だが、だからとて不快には思わなかったふうで、その証拠には「脱穀機の音で昼ねが出来なかつたのであの詩が出来ました」と小野に報告している。家の看護婦が稲刈りの手伝いをしてやったら、重太んどんはお礼にお餅を重箱に詰めて持ってきてくれた、とも書いている。二十八歳の病人・喬は、この人気者の働きぶりにたいへん心なごんでいたに違いない。

山之口貘から影響は受けたが

「家系」では先祖への敬愛の念を表明し、「重太んどん」で一庶民への親近感を音楽のような軽快さで表現する。故郷で腕白に遊び、熊本や東京で青春のバガボンドに明け暮れた喬も、水俣でベッドに臥せっての闘病生活に入ってから約八年が経っていた。その間じっくりと生死について思いをめぐらし、故郷や家族やらのことを考えたのであった。そうして、「家系」や「重太んどん」といった詩が紡がれた。せっかくだから、同じ時期の同傾向の作品をもう一つ挙げてみるが、「馬車屋の親爺」というのがある。

馬蝿を叩いてゐる
馬車屋の親爺
馬車も古いが
親爺もよく枯れてゐる

なんのことはない四十年
じつくり馬車といふ竃《へつひ》で
燻製にされた上等な親爺

馬蝿を叩いてゐる
燻製のずぼんには
煙管が神経痛のやうに
突張つてゐた

馬蝿を退治て
神経痛から煙を出してゐる

燻製よ

これは馬車も古いし、親爺さんも結構年をとっているようである。ひたすら馬車を曳いてきて、燻製のような渋い風格がただよっている親爺さん。ズボンには、愛用の頑丈な煙管が突っ込んであるというのだから、ものにこだわらない人のようでもある。その親爺さんが、馬蝿を退治した後、ズボンから煙管を取り出して一服する。そのような、作者にとって「上等な親爺」である。四十年間ずっと地道に馬車曳きをやってきた庶民への畏敬の念とでもいうべきものが、この詩には込められているのではなかろうか。喬はこの「馬車屋の親爺」を気に入っていたと思える。というのは、昭和十八年刊行の第一詩集『誕生』に収めた後、戦後になって出した第二詩集『淵上毛錢詩集』にもだいぶん手を加えた上で再録しているからである。気に入っていたし、自信もなければ考えられないことだろう。これに比べれば「家系」も「重太んどん」も『誕生』に収めただけに終わっている。「重太んどん」については、自分でも「詩としてはよくありません」（昭和十八年四月二十五日付小野八重三郎宛書簡）と自己批評している。

ともあれ、今や淵上喬は故郷から目をそむけず、じっくり見つめ、掘り下げて詩を書く。水俣の方言であっちこっち歩き回って地に足がつかない放浪癖の強い性格の人間のことを「高ざれき」と呼ぶ。結核性股関節炎に冒されて病床に臥すまでの喬は、熊本においても東京に出ても終始「高ざれき」でありつづけたのだったが、病いを得てからはそれはパタリと止まざるを得なかった。蕩児は否が応でも故郷につながれてしまったのだったが、今はもうその段階は終わった。蕩児は精神的にも充分に帰郷を果たしたことになる。闘病生活は決して無駄には推移しなかったのであった。そこで考えてみたいのが、東京時代に出会って後々までつながりが切れなかった山之口貘との共通点ないし相違点である。

なんといふ妹なんだろう
——兄さんはきつと成功なさると信じてゐます。とか
——兄さんはいま東京のどこにいるのでせう。とか
ひとづてによこしたその音信のなかに
妹の眼をかんじながら
僕もまた、六、七年振りに手紙を書かうとはするのです
この兄さんは
成功しようかどうしようか結婚でもしたいと思ふのです
そんなことは書けないのです
東京にゐて兄さんは犬のやうにものほしげな顔してゐます
そんなことも書かないのです
兄さんは、住所不定なのです
とはますます書けないのです
如実的な一切を書けなくなつて

とひつめられてゐるかのやうに身動きも出来なくなつてしまひ　満身の力をこめてやつとの思ひ
　で書いたのです
ミンナゲンキカ
と、書いたのです。

（「妹へ送る手紙」）

すでに述べたように、山之口貘の詩はいつも飄々《ひょうひょう》としており、貧乏や困ったことが書かれていてもなぜか切迫感がない。あたかも他人事であるかのように自分を見ているようなふしがあり、この「妹へ送る手紙」も例外でないと言ってよかろう。定職につかず、家庭も持たないまま東京という大都会を漂流している男の姿がここにある。難しい言葉は、ちっとも出てこない。メタファーが用いられていても、読み解くのに難しいものではない。つまりは方法上の工夫などまったくしていないかのように言葉が並べられて詩が構成されているため、読者は分かりやすい呟きだけをスイスイと辿ることになる。そして、詩全体にはユーモラスなかたちでこの住所不定の男の、貧しいけれども自由な生きざまが満ちている。上昇志向とは無縁な境地で生きた詩人にとって、実はこれが生涯を通していつも必要であった「無方法の方法」だったであろう。これに対して淵上喬であるが、「馬車屋の親爺」にはメタファーがちりばめてあるものの、例外的作品だ。基本的には修辞に凝ったような形跡はあまり見せなかった詩人と言えよう。そうであるから、大正期後半から昭和十年代にかけて盛んだったモダニズム詩になじまないし、昭和に入ってから台頭してきた「四季」派とも交わらないタイプだった。彼らはそれぞれの立場で言葉の錬金術師として頑張ったが、喬の詩に彼らのような「頑張り」は現れない。ただ、喬は平易な言葉を並べながらなかなかにひねりを利かせて表現するので、結果としてたいへん含みの多い作品となっているわけである。友人たちには自分の詩は「新古典主義だ」などとうそぶいていたらしいが、やはり当時の詩壇の流れに与《くみ》しないゾとの自負があったのではなかろうか。ともあれ基本的に淵上喬は山之口貘の気張らない自由な作風に学んだし、影響も受けている。

しかし、両者の間にもはっきりと違いがある。貘は、「馬車屋の親爺」のような詩は書かなかったのである。「妹へ送る手紙」にもその傾向がはっきりしており、つまり貘は徹底してハイマートロス（故郷喪失者）であった。根無し草となってしまった自身を飄々と捉え直して詩にしていった。これに対して喬は水俣弁でいうところの「高ざれき」つまり放浪者的な傾向を強く持っていたように見えながら、一方で仏壇へ頭を垂れて手を合わせる習慣や重太んどんの働きぶり、あるいは「馬車といふ竈で／燻製にされた上等な親爺」といった土着的なものに強い関心と共感を寄せる。彼ら土地に居つき、土地で働き、十年一日のごとく平々凡々たる暮らしを営んできた庶民たち。実に活きいきと作品に登場するわけである。こうした土着の暮らしや人間への興味関心は、喬の内にいわば資質同然のものとして備わっていたのか。あるいは、病いに冒され、生と死を見つめる日々に閉じこめられてから、内省の果てに醸されてきたものであったのか、判断は難しいと思うが、いずれにしても山之口貘のようなハイマートロスではなかった、と言えるのではなかろうか。

詩集『誕生』出版

喬にとって一つの区切り目となる出来事が、昭和十八年一月、詩集『誕生』の出版であった。「九州文学」に初めて詩作品「金魚」を発表してからわずか四年、このように一冊の詩集をまとめるまでになったのだった。前年の後半から出版の準備にかかり、年が明けてすぐ刊行に至っている。版元は、東京の詩文学研究会であるが、ただ実際には五百部限定の自費出版であった。全六十六ページという薄い本ながら菊判で堅表紙、きっちりした造りで、表題作「誕生」を始めとして三十一編の詩が収められている。

まず冒頭に作者本人の近影写真が載せてある。扉には、

亡母　慈香院釈尼恵妙信女
　昭和十五年六月六日
亡姉　清香院釈尼恵信
　昭和十三年十一月四日
　　　　の霊に捧ぐ　合掌

との詞書が入っており、亡母・亡姉への報恩の

詩集『誕生』（水俣市立図書館蔵）

意がこめられていると察することができる。ついで加藤介春・梶浦正之・山之口貘の三人が序文を寄せていて、まず加藤介春は淵上喬の闘病生活の大変さをねぎらった上で、詩作は自叙伝となり得ると励ましている。詩文学研究会の梶浦正之は序文というより「序詞」を書いていて、「病臥数歳／子規居士／柿を喰み／百句を吟じぬ／君が望みし／チエロの楽音は／消えたるにあらず／弓弦の冴へに／かはりて響く詩《うた》は／ひとすぢに／澄みてまさりぬ……（後略）」、こういった調子のものである。山之口貘の序文は「チエロ」と題されて、まず「むかしに戻つて会ひに來たやうに、淵上君の手紙が舞ひ込んで来た。十年前に僕のきいたところでは、未来のチエロ弾きだつたその彼だが、詩集の序文を書けと来た。序文の素人は面喰つたが、くされ縁だから書けといふ手紙だ」と簡単に述べた後、次の詩を祝詞みたいに置く。

十年前の
未来のチエロ弾きよ
チエロは弾かずに
うたつたか
きけばずゐぶん
ずゐぶんながいこと
チエロを忘れて仰臥《ね》てゐるとか
チエロの背中もまたつらからう

十年前の
あのチエロ弾きよ
チエロは鳴らずに
詩が鳴つた。

たった十二行の短い詩だが、喬へのねぎらいも十年という歳月が過ぎたことへの感慨も味わい深く表現されている。「チエロは鳴らずに／詩が鳴つた」と詩がしめくくられ、最後に「昭和十七年十二月十八日」の日付と「淵上君の快復を祈りつゝ」との一言が添えられている。至って簡単な「序文」ながら、万感の思いが込められているのではなかろうか。

詩集の飾りつけは、これで終わりではない。巻末に原田種夫が「跋」を執筆しており、「詩人である淵上君の作品は、どのやうな詩の影響もなく、どのやうな師もない」と発言もしていて、さすが原田は「九州文学」同人の中で喬と最も密に交流があるだけに観察が行き届いている。さらに最後尾に喬自身の「後記」が入る。その中で、詩集発刊まで尽力してくれた方たちへの感謝を述べる前に、こう書いている。

痛い体に、詩の絃を張つて、昭和十三年からの作品が、まるで、嘘のやうに本になつてしまつた。貘さんが「詩が鳴つた」と書いてくれたけれど、どんな音色であるか自分では見当がつかない。いゝ音を弾出すまでの苦労はいくらでもしたいと望んでゐる。いゝ音が出るか出ないか、もりもりこさいで仏の道へ行ける自分は幸せ者である。

何気ない言い方をしているようだが、「痛い体」とか「もりもりこさいで仏の道へ行ける」とか、自身の病状や心境を窺わせる表現だ。何と言っても闘病詩人である。それも、詩集を出せた嬉しい気持ちが「もりもりこさいで」にはよく表されているわけで、これはがむしゃらに掴み取って、というほどの意味の水俣弁である。

一冊の詩集を世に問う際に、序文を三人もの関係者に書いてもらい、跋文も収載する。初めての著書の出版だから、こうしたかったのだろう。一般社会の式典等で言えば、これは来賓挨拶みたいなものだ。加藤介春は九州詩壇を代表する存在である。ついで、梶浦正之は詩集発行元として名が出ている詩文学研究会の人間。本作りの実際について手助けしてくれたようである。山之口貘になると自分を昔から知ってくれている知名度高い詩人、原田種夫は「九州文学」で直接世話になっている同人である。それぞれの人間に各々の立場から詩集出版に対して礼儀を尽くそう、というわけである。病床に臥して以来、人の助けや情愛というものが身に沁みた結果がこのような構成になったのでもあったろう。

『誕生』一冊の蔵するもの

さて、その先輩詩人たちだが、加藤介春と原田種夫は『誕生』中の個々の作品についても具体的に触れているので、その感想・見解をせっかくだからちょっと辿ってみよう。

ぶらんこに
乗つて
仰向けに
ゆられてゐると
オルガンを
聞いてゐるやうだ
明日も
オルガンに
乗つて
あの
雲に逢はふ

加藤は「祈り」「野原」「月見草と蝉」「秋」そしてこの「ぶらんこ」を挙げた上で、この種の詩に「愛すべきナイーヴ」を見て、しかもそれは稚拙さとは違うとしている。また原田の方は跋文の中に改めて右の詩を引用し、「この詩にあらはれてゐる工《たくみ》がなく、純朴なところは、幼童の心のやうに澄んでゐる」と評している。つまり二人が共通して捉えているのは、喬の詩が内包する純な、上質の抒情性である。しかもこの詩ではブランコに揺られる気分の良さが希望へとつながっている。明日もオルガンの音色のような心地良いブランコに揺られて「あの／雲に逢はふ」、これはなんという前向きの抒情であろうか。

以前に紹介した山之口貘「淵上毛錢とぼく」の中で、貘は、「当時の彼は、まだ、少年を卒業したばかりの新鮮さで、ぼくはその年齢のひらきから、小野夫妻にならい、坊や坊やと、彼のことを呼び馴れてしまった」と、知り合った当初の頃の印象を語っているが、確かに少年・淵上喬には新鮮さがあった。しかも、その新鮮さは年を経て青年となり、病いを得てベッドに仰臥する日々を送るようになってからも消えなかったと見なしていい。加藤が「幼童の心のやうに澄んで」と評しているのは、そのように理解しておきたい。

同傾向のもので、「秋」も秀逸な作である。

1

しやつくりのやうに
雲の美しさを知る
この頃である

2

秋は
そこらへんの
石までが冴えて
石も秋になつてゐる

3

やがて菊の花が
私を懐かしい
お祖父さんにしてしまふ

雲の美しさを知った感動をしゃっくりに喩えたり、秋の雰囲気を「石も秋になつてゐる」と言ったり、最後には菊の花に惹きつけられて自分が「お祖父さん」になったかのような気分。「ぶらんこ」といい、この「秋」といい、とてもナイーブな精神が世界を受け止めている。しかもそれは後ろ向きでなく肯定的なのだから、作者がベッドの上で臥せって闘病を続けているなどということを失念してしまうくらいのものである。こうした詩を生んだ作者は、まだ二十代の半ばから後半にかけての青年である。この若さにして「菊の花が／私を懐かしい／お祖父さんにしてしまふ」、こう謳えるのは、なぜだったか。ここで闘病者・淵上毛錢の根性と心根の澄みっぷりに驚嘆すると讃えたら、少し大げさになってしまうものなのだろうか。そして、雲が扱われている点で挙げていいのが「野原」である。

つまらないから
野原に来てみた
どうして
つまらないんだと
つまらないを
帽子にでも入れて
あの美しい
雲に
ぶら下げてみたら
雲は
おどろくだらう
そこで
おーい何つちへ行くんだと

叫んでみたら
なんだか
たのしくなつてきた

つまらない感情が湧くというのは、人間であれば誰しもが経験する性質のものである。「つまらない」ので、それをどうにかしたくて野原へ出てみた。ここで、それを帽子にでも入れて雲にぶら下げてみようか、などと発想するのだから面白い。雲の端っこにぶら下がった帽子、愉快な景色である。こうした伸び伸びした空想がつまらなさを忘れさせてくれるのである。大空に、自分だけの架空の景色。負《マイナス》の状態を正《プラス》へと転化させる切り替えが見事である。ここで、山村暮鳥《ぼちょう》の晩年の傑作——といっても暮鳥は四十歳の若さで逝くのだが、「雲」という詩がある、この詩を思い浮かべる人も出てくることだろう。

おうい雲よ
ゆうゆうと
馬鹿にのんきさうぢやないか
どこまでゆくんだ
ずつと磐城平《いはきたひら》の方までゆくんか

この詩も喬の作品も同様に雲へ向かって呼びかけている、だから連想が働くのだろうか。ただ、それだけであればさびしい。雲への呼びかけはともかくとして、雲と作者との対し方が共通するのではなかろうか。暮鳥も毛銭も「雲」すなわち自然界と自分との間に隔たりがまるでないかのごとくであり、一種何というかアニミズムに近い感性であろう。そう言えば、「雲」を書いた頃の山村暮鳥は茨城県牛久沼在の飄逸な画風で知られた小川芋銭に共感し、訪問記も書くし、自身の詩集の装幀をも芋銭に依頼している。片や喬もこの茨城県の画家には好意を持っていたという。だが、芋銭のことはまだだいぶん後になって詳しく考えるのがよかろう。

続・『誕生』一冊の蔵するもの

さて、さらに加藤・原田が共通して挙げたのは『誕生』に見られる思索的な面である。「逸題」というのがある。

1

若き天才は常に不遇である

2

知識には重量がある

3

天才と重量とは全然無関係である

4

トロムペット吹きの鼻髯位の自慢

5

重量に押潰されてゐるのを知らない

6

重量の鼻髯ばかり気にしてゐる

加藤はこの種のものを抒情詩とは違った「全然別な歩み」であり、「この詩集に思索的な肉付をしてゐる」と述べているし、原田は原田でこれは作者の思索からくる「心内風景」を「独特の方法でもつて展開してゐる」とする。二人とも作品として一応の評価を示すわけであるが、喬自身は後にこの手の思索ものにはこだわりを見せず、戦後刊行した第二詩集、というよりそれまでの詩業の集大成である『淵上毛錢詩集』には再録していない。ただ、加藤介春は「思索的な肉付」のある作品としてこの種のものの他に表題作「誕生」と「約束」をも挙げており、これについては無視できない。「誕生」についてはすでに詳述してあるから措いて、ここでは「約束」だけを引いてみる。

今日も
夕まで
なにごともなく
生きた
この分では
明日といふ日は
たしかに
約束されてゐる
いま

私は静かに待つてゐる
静かに
待つてゐる者には
きつと
約束は果たされる

第一詩集『誕生』収録の作品群の中で、「金魚」がこの詩人の純な青春をうたった秀作と呼べるとすれば、一方でこの「約束」はその思索の到達した高みを表わしていて頂点をなす、と言えそうだ。作者が闘病中であることとまったく関係なしに読んでも「今日も／夕まで／なにごともなく／生きた」というフレーズには説得力があるのではなかろうか。人の暮らしには常になにごとかがあるもので、一日として思いわずらわずに済む日はない。ごくたまになにごともなく「生きた」と言える日があれば、それはほんとに何かに感謝したくなるもので、作者はそれをきっぱり表現した。そしてそれはたぶん心の平穏な状態のことを言っており、この状態が続けられるならば「明日」という日は約束されるのである。その「約束」を信じて静かに待てば、かならずそれは果たされる。……これは、自らが置かれた境遇の中で思索を重ね、その果てにたどりついた、信仰心にも似た確信だったかと思われる。

ところで、加藤も原田も『誕生』の中から土着的なものに根差した作風のものを抜き出していない。これはいったい、どうしたことであろうか。これも二人の捉え方の特徴であろう。『誕生』所収のこの種のものでは、すでに「百姓もまた」「お粥」「重太んどん」「馬車屋の親爺」については今まで触れてきた。でも、まだある。「冬の子守唄―老婆のうたふ」は、この詩集のトリをつとめた逸品である。

寒かちゆうて
泣くとかい
泣かんちやよかたい
泣かんてちや
雀雀ば
見て見んな

寒むなかならば
笑はんかい
泣かんちやよかたい
ほんなこて
ほら藁すぼの
飛びおるばい

誰《だる》が主《ぬし》ば
泣かせたかい
泣かんちゃよかたい
よかろもね
土手は寒《さ》んか寒んか
何処《どけ》行こうか

あるば薪物《たきもん》小屋さめ
はってこかい
俺《おる》げん子は
泣かんとぞ
泣かんとぢゃろが
黙《だっ》かつばい

泣く子は
戦《いくさ》に行かれんとげな
勝つ子はそげんな
泣かんとばい

止めんば怪物《がご》ぢよの
出て来《く》つぞ

長い詩だから後半は略するが、題名が示すとおり、ある老婆が子守唄をうたうという趣向で詩が成り立っている。「百姓もまた」「お粥」「重太んどん」「馬車屋の親爺」の場合は、目の前に庶民や世間の出来事があって、それを見つめた上で作者が詩を紡ぐ、というふうな書かれ方である。これは、それらと全く趣向が異なって老婆そのものに純粋な水俣弁で詩を語らせている。リズムの良さからして、これはあるいは最初から曲を付けるのを前提にして詩作したのかも知れない。実際、この詩には曲が付いて、色んなところでうたわれている。愛唱されるわけで、また愛唱されるだけの、一言で言えば子をあやす老婆の無垢の心がリズミカルに表現されている。こうした土着的味わいの詩について、加藤・原田ともに無関心であったことになる。

詩集出版こぼれ話

第一詩集『誕生』の出版から三ヶ月経った昭和十八年四月二十五日、喬は小野八重三郎宛てに実に長々しい手紙を認《したた》めている。まずは次のような書き出しである。

お味噌と一緒に送つたのは確に桜島大根です。それを送つてあるとは私は知りませんでした。その桜島大根の話が面白いのです。その大根を贈つて呉れた人は鹿ゴ《ママ》島の放送局長で、もと東京日日新聞の何かい丶所をやつてゐた人ですが、私の家の前の人の親類に当たる人です。

喬は小野へ味噌と桜島大根を送ってやっており、その礼状が来たのでまた自分からも便りを書いたようである。とにかく喬はこの人を慕い、しょっちゅう便りを出して近況を報告したり悩み事を相談したりするし、土地の名産だとか食料だとか、色々のものを送ってやったりしている。小野夫妻の方もまめに便りをよこしてくれて、田舎に不足しがちな書籍や原稿用紙等の文具類も送ってやったりする。これはずっと続いたのであった。

この手紙の場合、送るのはどうも家の者たちに任せてあったふうで、小野からの便りが来て喬も初めて東京へ届けられた品物の中身を知ったことになる。東京で生まれ育った小野八重三郎にとって、鹿児島名物の桜島大根がドーンと届いたのだから驚きであったに違いない。喬は、恩師の驚き喜ぶ姿を想像して自身も機嫌をよくしたものと思われる。だからこそ「その桜島大根の話が面白いのです」と打ち明け話を始めるのであった。喬の説明によれば、鹿児島の放送局長氏は、詩集『誕生』が出版されたことを知って三月頃に淵上家を訪ねてきた。そして、詩集を頒布《はんぷ》するための会を作りたいから百五十冊ほど売ってくれと突然の申し出を行なった。それも、局長氏としては「もうチャンと郵便局長やその他の有力者と打合はせたりした」ほどの用意周到さでお願いに来たのであった。喬はこの話を「好意は有難い」と感謝の意を表しながらも、断わっている。辞退する理由としては、これは自費出版で、その費用の半分以上は友人が出してくれているから勝手には売れない。それに、有力者の方たちがお義理で買ってくれても自分自身がおもしろくないし、またそれほどの作品ではないんだ、だから売らずに陸・海軍病院へ献納するつもりだ、等々、並べ立ててみたようだ。だいたい、もともとは詩集『誕生』の奥付には値段が「弐円」と刷り込んである。そうであれば断わることの方が不自然なのである。喬のこの応対に接して、局長氏は「まァ任せろ」、こんな調子であった。それでも喬は売るつもりがない。このことについては「友人」とも揉めたそうで、友人は「売ってかまわんじゃないか」ぐらいの意見をしてくれたのだったかも知れない。しかし、それでも喬は自分の意志を通した。

だが、小野への手紙はこれで終わらない。鹿児島の放送局長氏とのやりとりがまだ続くからである。局長氏は、詩集頒布の件は諦めたものの、次には「戯曲」を一本書け、と新たな要求をしてきた。劇の中身については局長氏が材料を提供してくれる。つまり喬は、局長氏から詩だけでなく芝居も書ける人間と見なされたことになる。毛錢としてはこれについては断わる理由が出せなかったようで、引き受けている。

これも曲折を経て今引受けてはゐるのですが、その引受けたことで頑張つて書いてくれと送つて寄越されたのがその桜島大根なのです。ラヂオドラマにもなる様考へてといふので目下苦慮中です。自信はないことはないのです。この放送劇の方（オ?）ならば。タイプライターで打つて寄越したテーマを眺めて何か人事の様な気がしてゐます。贅沢なことで敢て催促なしの期限なしといふことが契約の主眼なので私もゆつくりしてゐられます。面白いでせう。だから大根は早く書けといふ意味なのです。この放送局長私の幼い時のイタヅラ振りを賞讃して、病臥以来何くれとなく直接ではありませんが、私に対して画されてゐたのだそうです。最近知りました。

そして戯曲執筆を促すための贈り物が実は桜島大根であった、というわけである。水俣にあって病気と闘いながら作品を紡いできた新鋭詩人が、戯曲というか、実際はラジオ放送用の劇台本ということであろうが、新たな分野へ挑戦する。これは興味深い話である。ぜひとも読んでみたいところながら、残念なことに台本が書かれた形跡はない。『淵上毛錢全集』にはもちろんのこと、現存する資料の中にも確認することができない。結局、台本は書かれなかったのではないだろうか。いったい、「贅沢なことで敢て催促なしの期限なしといふことが契約の主眼」、これがいけない。喬自身がいみじくも「私もゆつくりしてゐられます」と述懐しているとおりであって、局長氏は桜島大根を贈呈するよりも厳しく期限を設けるなり矢のような催促をするなり努めるべきであった。「催促なしの期限なし」などという生ぬるい依頼のしかたで企画が実現するはずがなく、局長氏の考えは甘かった。ただ、喬はこの局長氏とのやりとりについて次のように記している。

以上で私の出版とその後の経過がお解りと思ひます。町の有力者が私の詩集などに顔出してくるなど古い田舎町のいい所が出てゐて一寸うれしいでせう。詩集は売れてゐます。おかしなものです。諸家から種々の感想もぼつ々集まつてゐます。いづれ「九文」「談ギ」「詩研」にそれぐ批評を書いてくれるそうですから送ります。売れ残りは献納の予定でゐます。感想も予期以外です。もつとも貰つておいて悪口も言へますまいが、詩人（既知貘さんを除いて）も案外お世辞が上手だと思ひました。然し私は決してい丶気持になつたりなぞしてゐません。むしろ張合ひ抜けがしてゐます。

都会では、詩人が本を出版しても有力者がどうのこうのと関わってくるような場面には出会えない。詩を書き、詩集を刊行するなど、マイナーで孤独な行ないでしかない。しかし、田舎では、見てのとおり全く無名の淵上喬という若い病人が詩集を自費出版しただけで「町の有力者が私の詩集などに顔出してくる」のである。喬は局長氏による詩集頒布《はんぷ》話に断固応じなかったものの、こうした人間関係の濃密さについては嬉しく思っているふうだ。それは、きっと、詩人たちが気の利いた言葉を駆使してお世辞を寄せてくるのよりもはるかに手応えがあり、人間臭い魅力を発していた。ここが都会と田舎との大きな違いだ、と毛錢は言いたかったかに思われる。

手紙の終わりの方で、俳句を記している。

御簾《みす》かげへ蟻つらなりし午睡かな

句を書いたあとで、この頃は蚊も飛ぶし、「庭には牡丹・乙女椿・つ丶じ・チューリップ・金せん花・矢車草・上り藤・苺・その他咲き乱れてゐます」と報告している。四月の下旬、南国九州の片田舎にはすでに晩春というより初夏の気配が漂っていたのであった。

「主婦之友」に俳句が入選

昭和十八年にはおもしろいこともあった。喬の俳句が初めて活字になり、それも女性名で雑誌「主婦之友」六月号に載ったのである。同年五月二十日付け小野八重三郎宛て書簡の中でこう報告している。

看護婦さんが私に内緒で私の俳句を投書したら、主婦之友六月号に出てゐて金五円也といふことになり、それをおまけに私がひよつとしたことから発見して大笑ひといふ、私は俺の作つた句によく似た句があるものだと思つてみましたら何と熊本田中ふさえとあり。初夏の俳句綺譚を一つしておきます。私にとつては余り自慢にはなりませんが、彼女達は賞金の分配を合議して楽しみなやうです。

文中の「田中ふさえ」とある田中房枝は、昭和十五年に喬の母・夕子の病気看護のため淵上家に来た。夕子は同年六月に亡くなってしまったが、そのあとも引き続き淵上家に留まって息子の喬の世話をすることとなったのだった。看護の仕事だけでなく家事全般にわたって尽くしてくれていたのだが、その房枝が、なんと喬の作った俳句をこっそり「主婦之友」に自分の名前で投稿したところ五円という賞金が得られたわけである。入選したのは次の句である。

行き逢うて手籠の底の土筆かな

読者投稿の短文芸のページに、水原秋桜子《みずはらしゅうおうし》の選で二等に入っている。作者名は喬が報告したとおり「熊本　田中ふさえ」である。「つゝましい気持の人でないと、かうは詠めない。野路に行きあひつゝ、互にいたはり励ます心を持ち合ふのは楽しいことである」との選評がついており、選者の水原秋桜子は頭っから作者を女性として信じ、疑っていないふうである。喬も田中房枝も、尻がこそばゆかったことだろう。ついでながら二等はもう一人いて、福井の三原稲子「千人針縫ふや受験の戻りみち」という句で、いかにも当時の状況が濃く反映されている。ちなみに一等だと賞金は二倍の十円を貰えるのだったが、これは長崎の林田節子という人の句「雪解《ゆきげ》風《かぜ》真向《まっこう》に炭を負ひ下る」であった。当時の五円という金額にどの程度の価値があったかといえば、『熊本昭和史年表』によると飲食店で出すコーヒーが一杯十五銭だった。これに少々牛乳を加えれば三十銭と二倍に跳ね上がるが、「味に変りはない」とコーヒー通は言っていたそうだ。さらに、豆腐一丁が七銭。ハガキだと、一枚が三銭。こうした小物だけではピンとこないかも知れないが、玄米の公定価格が十四キロで四円四十銭だったという。五円という金があればそれくらいの物は悠々と買えたことになる。

ともあれ、田中房枝が喬に代わって俳句を応募した。それを作者本人は知らなかったというのだから、してみれば房枝は病人の看護だけでなく身のまわりの雑多な世話をよくやってくれていたからこそこのような悪戯《いたずら》もすることができた、と分かる。しかも、その悪戯を知って作者本人は「初夏の俳句綺譚」と受け止め、「彼女達は賞金の分配を合議して楽しみなやうです」、すこぶる機嫌良さそうである。
それでは、この時期、喬は他にどのような句を詠んでいただろうか。実は、喬の俳句は『淵上毛錢全集』にもかなりな数で収録されているが、詠まれた時期がはっきりしないものが多い。ただ、小野八重三郎宛ての書簡には末尾にしばしば俳句を添えており、それをもとに眺め渡してみると、喬は次のような句を遺している。

つつがなく呼吸ぬくもる彼岸かな　（昭和十八年三月二十七日）
重箱に山椒の匂ふ祭りかな　（同年四月十一日）
この細きいのちをおりて春逝けり　（四月二十六日）
触れ得ざる薊の棘の悩みかな　（五月三日）
鯉登り鱗《うろくづ》ほどの念ひかな　（五月九日）

喬の俳句は決して上手ではなかろう。言うなれば、我流。そうでありながら非凡な感性が光っていて味わいがあるが、その中では先の「行き逢うて手籠の底の土筆かな」は技術的にもうまくまとまった佳句ではなかろうか。これを「主婦之友」へ投稿した田中房枝は、良い鑑賞眼を持っていたのであった。

深まる詩境

昭和十八年は、戦時体制はいよいよ厳しく、自身の病状の方も思わしくない。十八年末から十九年の始めごろにかけては深刻な状態に陥った形跡もある。だが、それでも『誕生』を出版したり、看護婦の田中房枝の名で自身の俳句が「主婦之友」に載ったりして喜ばしいことやユーモラスな出来事の生じた年であった。

淵上喬は徐々に詩境を深めつつあった。

人間は
あつといふ間に
過去をつくつてしまふやうに
出来てゐる

お丶懐しい背中よと
世間には一切お構ひなしで
背中が生きてゐる限り
過去も間違ひなく
安心してついてくる

ついて来て呉れるので

人間も安心なんだ
やはり人間いつも達者で
背中のことなど
忘れてゐたい

いつも
すぐそこにある背中だが
おいそれと見ることのできない
さびしさよ

同年四月に「日本談義」に発表した「背中」は、すでに詩集『誕生』に収録済みの作品である。それを、何カ所か行替えを改めたりしているし、そしてまた戦後になって刊行した『淵上毛錢詩集』の中ではまた推敲を加えており、喬がこの作品の細部にたいへんこだわった形跡が窺えて興味深いものがある。この詩には、やはり、こだわりたい根拠があったのではなかろうか。作者は昭和十八年の時点でまだ二十八歳であった。そういう若者が、こうした静かな境地を獲得している。ただ単に病気との悪戦を闘って得たものであるならば、そのような境遇の者は何も喬一人ではなかった。闘病の中からどのようにしてこのような独特の境地に至ったか、そのへんが喬を理解する場合の勘どころなのであろう。

同じ四月には「九州文学」にも詩を発表しており、題は「縁談」である。これは『誕生』からの再録などでなく、まったく初出の作であった。

蛙がわづかに
六月の小径に
足あとを残し

夜が来て
芋の根つこに
蛙が枕したとき

村の
義理と人情が
提灯をとぼして

それもさうだが万事おれにまかせて
嫁に貰ふことにして
そんな話が歩いてゐた

湿つた夜に
ふんわりと縁談《はなし》はまとまり
漬物を噛み煙管は鳴つた

蛙は
その頃　もめん糸の
雨にうたれてゐた

六月、雨の多い時季。一匹の蛙が小径を辿り、夜が来る。蛙は芋の根方に横たわる、というふうに、詩の導入部はとても抒情的である。蛙の寝ている近くを、提灯をとぼした人たちが歩いていく。彼らはどういう人たちかと言えば、「義理と人情」である。義理に厚く人情豊かな連中だから、人の世話が行き届く。「それもさうだが万事おれにまかせて／嫁に貰ふことにして／そんな話が歩いてゐた」の三行で、彼らが今、若い者たちの見合い話をまとめるべくどこかへ出かけていくところだ、ということがすぐに分かる。じくじくと湿った夜ではありながら、縁談自体はうまくまとまり、嫁貰いに行った「義理と人情」も娘のいる家の者も「漬物を噛み煙管は鳴つた」、この一行だけで彼らの満足ぶりが充分に伝わってくる。では、芋の根っこに寝ている蛙はどうなったかといえば、「もめん糸の／雨にうたれてゐた」とある。実にやわらかな、あたたかみのある雨ではなかったろうか。「義理と人情」は日本的湿潤とよく似合っているように思われる。まるで一編の掌編小説を読んだ後であるかのような味わいを残してくれる詩である。「重太んどん」「馬車屋の親爺」「冬の子守唄」といった作品ですでに見てきたように、喬は故郷・水俣の風土や人間群像の中にじっくり入り込んで詩を鳴らすことができるようになっていた。しかも、詩を鳴らす自分はどこにいるか。喬は、野にあって雨に打たれている蛙と同等の位相にいたように思われる。格別の存在ではない、ありふれたもの、小さきもの。大自然の中で生き死にするささやかなもの。彼らも喬も同等に「もめん糸の雨」に濡れながらこの世にあり、やがては死ぬるのである。

戦時下の熱い空気の中で

喬が戦争をどう見ていたかは、すでに少し眺めてみた。ただ、主としてまだ戦争が始まって間もない頃の作品であった。これが昭和十八年・十九年あたりになるとどうであろうか。昭和十八年八月、「日本談義」に発表した「万死」は次のような詩である。

六年
残念が身に沁みた
残念だが
かりえす六年では

残念は残念のままで
逃げ出しさうにも無い

残念だが
戦ひたくても戦へない
六年間の残念ばかりは
身も蓋も無い

残念が
詩を書いたりして
残念と闘つてみても

当分無念で
過さねばならぬとは
なんとしても
残念である

せめて

戦場で千人斬りの
千人目を斬り損じての
残念ならば………

残念だが
そんな立派な
残念でないのが

なんとしても
残念だ

結核性股関節炎が発症したのは昭和十年だが、寝たきりになったのはその二、三年後である。だから、「六年」。二十八歳の若い男にとって闘病生活は実に「残念が身に沁みた」と述懐するしかなかった。自分の体がままならぬということは、即、戦争に出て戦えないのである。「身も蓋も無い」「なんとしても／残念だ」と口惜しがる詩人は、体さえ達者であるならばお国の役に立ちたいと願っている。ただ同年十二月に「九州文学」に発表の「きんぴら牛蒡の歌」はどうだろう。

秋風わたる
低き燈りの下
背なを抂げ膳を寄せ
われ些かの興を得て
絶えて久しき
きんぴら牛蒡に
向かはむとす

さればにや
指冷ゆるこのゆふべ
浅からぬ情をそそぎて
きんぴら牛蒡の
芥きを喰む

舌えぐり
心気刺さるるの快
また妙なり
そは猛きいまの世に

似合はしくもあれ
あな心よき芥さかな

これやこの
古き大和の武夫《もののふ》が
豪快に
酒汲み乾して肴せる
きんぴら牛蒡の
味ならむや

きんぴら牛蒡の
薬味うすきは俗なりと
われ幼き頃より聞き覚ゆ
すなはちきんぴら牛蒡の
真味と言へるは
憎きほど芥子効きたるを
よしとすと

凮やまず
低き燈りの下
背なを抂げ膳を寄せ
野武士のごとき
きんぴら牛蒡
われ秋凮とともに喰らふなり
きんぴら牛蒡よ
きんぴら牛蒡
あはれをかし

この詩のみならず翌十九年八月号の「焼茄子讃歌―暮景参面菜根賦―其弐」、さらに二十年一月号「人参微吟―暮景参面菜根賦―結」も共に身近な食膳に上るおかずを題材に、その味のよさが淡々と飄々と叙されている。言うなればお総菜三部作である。目の前の食べ物を触媒にしてその凮情や己れの心情をうたうという点で、ちょっと佐藤春夫の「秋刀魚の歌」を連想させるような趣きがあろう。喬にとって、戦争のことは否が応でも意識しながら、それでいてやはり身近なのは相変わらず日常茶飯事だったと思える。もっとも、「九州文学」昭和十九年一月号に載った「包夷抄」はどうであろうか。全八十四行にわたる長々しいものなので全部を引用するのは控えるが、第一連・二連を読むだけでもモチーフは充分に伝わってくる。

いつの頃よりか
伝はりしものならん
風呂敷《つつみ》てふもの
それ掌握の布端《はし》にして
融通無碍
如何なるものの形
実《じつ》をも恐れず
事なくをさめえて
静かなり

その性　いたく
大和心に適ひ
わが国人の齊しく
これを愛づるも
また故《ゆゑ》なきにはあらず
思ひ湧くなりその昔
懐に暖めて

冬の小径を
使ひ走りせしこと

どんなものであっても融通無碍、自在に包んでしまえる風呂敷包み。日本特有の生活用品のよろしさや風雅を讃えた詩である。その自在な性質は「大和心」にかなうものであるし、こうしたものを大切に使い、伝えてきた祖先たちは偉い。風呂敷に刷り込まれた家紋や絵柄も好ましいし、わけても木綿作りの品の朴訥さ手堅さも良い、などと讃えた後で、ところが最終連では、

いでや心して
時到らばや
ゆめ　違《たが》ひなく
確《しつか》と醜の夷の奴《やつこ》をば
引つ包みてなん
高高と
あなうれしとも
うれし

風呂敷でにっくき敵を引き包んで高々と掲げるならば、ああ嬉しいぞ、嬉しいぞ、と結んでいる

のである。この最終部分は、それまでささやかな生活感を呟いていた者が不意に凱歌をあげるようなものだ。やや諧謔気味の感じがないわけでもないから、あまり大袈裟に受け止めることもないのだろうが、詩全体を眺めると唐突な感が否めない。この部分に関して言えば、喬もかなり戦時気分が昂揚していたことになろう。

当時、同じ「九州文学」誌上はどうであったかと言えば、実は同じ号には久留米師団の秋季演習についてのルポが掲載されていた。森田緑雨による編集後記には「精強を誇る久留米師団秋季演習は錦繡の肥筑平野に展開され、敵前渡河、山岳戦と攻防用兵の妙をつくしたが、同演習の報道員として出激参加した同人九名の記録を特輯とした。内地部隊の意気軒昂を讃え、敵愾心の徹底を期したし」とあり、こうなればもう文芸同人誌というよりまるで軍の広報誌である。ついでながら、

○

戦局は日に苛烈で、皇土がすでに第一線であることを我々は知る。今こそ一億同胞の鉄石心を発揮すべき時である。皇国三千年の美しい歴史と栄光を護持するために、我々はすべて決戦一本槍の決意と生活の中に醜夷を邀撃するの大覚悟をもち、神州護持の大悲願に起つてゐる。

不敵にもわがサイパンに来寇した醜夷は鋼鉄と爆弾をもつて迫つてゐる。それらの中に身をさらし醜夷撃攘に悪戦血闘をつづくる皇軍将兵に応へる道は、兵器である、食糧増産である、銃後鉄石の団結と撃敵精神の昂揚である。

喬の詩を最初から見てやっていた原田種夫による、同年八月号の編集後記である。原田は熱烈に「銃後鉄石の団結と撃敵精神の昂揚」を同人諸氏に向けて呼びかけている。むろん、森田緑雨も原田も一から十まで自分の考え通りに書いていたかどうか、留保が要るだろう。当時の出版物は必ず軍の検閲を受けねばならなかったので、それを意識しての論調であったかも知れない。だがそれはそうだとして、圧倒的に熱っぽいことは否定できない。世間一般のみならず、「九州文学」同人たちもこんなふうだったわけだ。だから、「包夷抄」最終連の唐突さは、つまりは喬のような病床詩人のもとにも戦時の熱気が否応もなく押し寄せていて、思わず知らずその熱気にのぼせていた、ということなのであろう。

「日本談義」の昭和十九年十月号に載った「秋思之賦」、これはどうだろう。

何かと言ふとすぐ食べ物の話である
お気の毒だがその顔　つぎの顔も
死までは甚だもつて遠いおなかなのである
であるのにもかかはらず何かと言ふと
もうすぐにの近頃なのである

そこで大の男よ　武士の子孫ではないか
このときこの際ひびきのよい人間の

ねうちの見せどころではあるまいか
日頃の器でこともなくいただけてゐる
無限のきびしき有難さをこそおもふべき

とにかく忘れてしまふたものにしろ
すぐまたの潔よくないあれこれを
せめても気はやさしくて力持ちの
頼もしい胸のなかにだけ泳がせて
まなこをしつかりと高く放てば

底知れぬ秋空の美しさを言ふまへに
はつとして衝かれるものがあるはず
三思して夜をむかふれば
はやきりぎりすも鳴きはじめまをし候

食料のはなはだ乏しくなった状況は反映されているが、「はやきりぎりすも鳴きはじめまをし候」、これはまたなんという落ち着きぶりであったろうか。戦時の熱い空気に身が火照りがちになりつつ、一方でこのようにも透徹したものが忘れられていなかった。

第五章　戦火を避けながら

戦時下の三三九度

戦局がいよいよ逼迫してきつつあった昭和二十年一月、喬は「九州文学」に「人参微吟―暮景参面菜根賦―結」と題した詩を発表する。ちょっと長いが、引用してみると、

寒き風と
ゆふぐれを、
鴉は持ち来たりて、
去り行けど
ほんには暮れもせず、
飯はまだかや。

凍てし地上に横たはり、

釜を待つ間《ま》の人参かな。
かの暗き地の中で、
なんの秘めごと
語らひをりしか、
かくも赤くは燃え。

そがうへに、
凄き鬼婆《すんご》の
毛態《ざま》さへ見せたるは、
いかに拗ねて
燃えたてばとて、
術《じゅつ》なき極みの人参よな。

人参なり　人参なれば
丹花の唇そぼめ、
稀代の駿馬に強《きつ》う喰まれ、
一夜千里の山河を走る
妖しの夢暦、

幾そたび。

くる春も待たで、
あはれとも、
霰まじるこのゆふべ、
我をとらへて
詩《うた》はせむとするか、
可憐《いじらし》の鬼婆よ。

梢さしくべ
その情《こころ》また掬むなり。
されどいま
世に勇しき大和の子、
したたかに汝を煮て
明日の戦《いくさ》に備へんとす。

鳥肌を撫しつつ、
独りちくと酌《かた》むくれば、

四壁深沈たり。
ああ　鬼婆の赤きがまま、
こよひ我が口腹に
屠《ほふ》らるるがかなし。

この詩、「独りちくと酌《かた》むくれば」とあるからには晩酌をやっていることになる。しかし、これはたぶん煮付けてあるのだと思うが、お菜は人参だけであり、食糧不足の状態が否応なくあぶり出されている。そのような食料不足のさなか、喬は飄々としてこのような作品を書くのであった。すでに発表していた「きんぴら牛蒡の歌」「焼茄子讃歌─暮景参面菜根賦─其弐」、そしてこの「人参微吟─暮景参面菜根賦─結」と並べれば、身近な惣菜を題材にした連作が完結したことになる。二十二年七月刊行の『淵上毛錢詩集』には三部作のうち「きんぴら牛蒡の歌」しか収めていないので、戦時中に喬がこのような詩境にあったことはあまり知られていないかと思う。だが三作とも捨てがたい味わいがあって、すでに述べたようにこれを「お総菜三部作」と称してやりたい。喬は戦争から気分的に影響を蒙《こうむ》り昂揚しながらも、それでもこのような駘蕩たる趣きのものも書いたのである。

そして、喬の身には特筆すべき事態が進行していた。それは何か。結婚である。昭和十九年八月二日消印の小野八重三郎宛ての手紙の中で、こう書いている。

それからもう一つ重大な事件があります。この僕が結婚するかも知れないのです。如何ですビッグニュースでせう。目下看護してゐてくれる中村美智子氏とです。前に居て呉れた田中さんには種々の経囲《ママ》があつて破滅したのです。私の様な人間を現実に結婚といふ形で、将来を誓つて呉れる人の現はれたことを、何とも云へない心情で味はつてゐます。ともすれば省みて自分の姿の惨めさ故にひるむのですが、その度に励まされる始末です。正式なものとするには通り一遍でない困難が予想されるのですが、皆な結局は承認して呉れるものと思つてゐます。何しろ封建的な因襲の固い連中ばかりですから、医者にも相談せねばなりませんが、一気に賛成して下さるのは先生達とお医者さんと思つてゐます。決して腹這ひになれたから調子に乗つてゐるのではありません。真実は二月頃からの話でしたのです。その後這ふことは独りでらくに機を見てやつてゐます。

当時は全国的な食糧不足、水俣という田舎も例外ではあり得なかった。しかし喬は、自分の場合は心配ないと小野に近況を報告する。「今日などは特別でしたが、鮎を一匹、蛤、うなぎ、牛肉、鶏肉、鯛を一匹、驚くべき戴きものでした」、これがまず手紙の近況報告の中で記す第一の「重大な事件」である。その上で結婚話という吉事を「もう一つ重大な事件があります」と報告したのであった。文中、結婚相手の名が「中村美智子氏」とあるが、「中村ミチヱ」のことである。自分で「真実は二月頃からの話でしたのです」と言っているが、ミチヱは昭和十九年に入ってから、それまで看護婦として働いていた田中房枝と入れ替わるかたちで淵上家に来ている。ミチヱの姉がもともと文学好きで、淵上家によく出入りしていたのである。火野葦平の小説「ある詩人の生涯」でミチヱのことは「美智恵」と漢字表記で登場し、「派手な姉にくらべ、地味でひつそりした感じの女であつた」と書かれているが、淵上家に来たとき二十一歳、ミチヱはたいへん美人であった。喬は喬で女好きのする美男子であるから、美男美女が結ばれたわけである。なお、文中「決して腹這ひになれたから調子に乗つてゐるのではありません」とあるのは、喬はどうもこの年の夏の頃になって腹這いができるようになっている。それまで仰臥して過ごすしかなかったのが好転したことになる。それが一時的なものだったのか、以後もずっとそうであったかは詳《つまび》らかでないが、病人にとってこれは嬉しいことであった。右の手紙の四日後の便りでも腹這いのことを一番に触れて、「七年振りで背中を通つた風が涼しかつたこと。妙なもので命が惜しくなりました」と記しているから、よほど嬉しかったのだった。

喬の手紙の中で、この結婚にはずいぶんとまわりからのクレームがつくだろうことが綴られている。実際、周囲から激しく反対された。それはそうである。嫁を貰おうとする毛錢は、もう何年も病臥したままの人間である。それも、結核はあの時代には不治の病とされていたので、周囲としては反対するのが自然の成り行きだった。ミチヱの家の方では「寝たきりの人に大切な娘をやることは絶対できん」と猛反対が起きたし、喬の親戚筋からは「家柄が違う」と横槍を入れる向きもあった。だが、喬はそれらをはねのけた。かばってくれる人もあった。牛島三郎というクリスチャンで、この人は当時五十一歳だった。阿蘇で牧場をしたり、熊本駅構内で食堂をしていたこともあるという。もともと喬の母親とつきあいがあって、だから、その子・喬を子どものころから可愛がっていたそうである。金を貸してやったりもしていた。この牛島が生前に渕上清園氏の質問に答えて語ったところによれば、牛島は喬からの「貰いに行ってくれ」との頼みを請けて淵上・中村両家の間に入ってやり、話を調停してくれたのだそうだ。そして、昭和二十年二月二十九日、二人はゴールインすることとなる。ベッドの横で三三九度をする時に、その場には結婚する当人二人と牛島、この三人しかいなかったという。だがその日の喬は腹這いどころか、三三九度の盃を交わす際にちゃんと起き上がったそうだから、よほどに心が弾んでいたのである。新郎、三十歳。新婦ミチヱは二十二歳であった。

この席で、喬は、牛島三郎に手製の詩画集『痩魂象嵌』を贈呈している。この手製本は特製の上等な詩画帳が使われていて、喬の詩十編を画家の多賀谷伊徳が毛筆で書き綴り、自身の水彩画もあしらうという、たいへん豪華なものである。喬の感謝の程が窺えよう。しかも翌三月の五日には長女・祈《き》弩《ぬ》子《こ》が生まれている。喬は、

　ふるさとの春はめぐりて一人の子

と句を詠んで喜びを表している。そして、その十日後にミチヱを正式に入籍した。喬はこの時も牛島に感謝の気持ちを込めて手製詩画集『月夜撞

手製詩集「痩魂象嵌」
（水俣市立図書館蔵）

木』を贈呈している。小形の集印帳使用、自分の詩十一編を多賀谷伊徳の絵で飾った豪華本であった。

ミチヱとの出会いを果たした頃に書かれたと思われる詩に、「抱擁」というのがある。

愛してゐるのだと
その胸にとびこんで
どこかそのあたりを
むしつて食べながら
こんなに　愛してゐると
言つてゐるぢやないか
椿の花がむかふに
見えてゐた

男女の愛し合う様が、簡潔に、しかししっかりと描かれ、しゃれた仕上がりだ。喬とミチヱの夫婦には祈努子の後にも昭和二十一年十月に長男・聳《そびえ》、二十三年八月には次男の黙示《もくじ》が生まれる。淵上喬は二男一女の父となったのである。

しぐるるや子にやる卵ひとつづつ

この句はいつ頃のものか定かでないが、「ひとつづつ」とあるからには下の子ができてからの作に相違なかろう。結婚できた上に、子も三人。喬は嬉しかったであろう。

空襲を受ける

結婚という人生の新たな船出、それは歓びでありながらたいへん困難の伴うことでもあった。病臥したままの者が所帯を持つなどとは、常識的には無茶な行ないである。周囲が反対したのは無理もないが、しかしそれを喬ははねのけた。わがままと言えばその通り、己れの道を信じて進んだと評するならこれまたそうであるに違いなかった。ただ、働けぬ状態で、いつ死ぬかもしれぬ病身である。無謀と誹《そし》られてもしかたがないくらいの、まことに大胆な船出であった。

それに加えて戦争という大情況である。物資の窮乏は早くから始まっており、喬の詩にも自ずから反映されていたことはすでに見てきたとおりである。戦局は非常に悪化し、沖縄がやられ、本土への敵機来襲も見られるようになった。標的となったのは大都会や重要軍事施設のあるところだけではなかった。南九州の田舎町にも飛行機の爆音が聴こえるようになり、空襲が相次ぐ。『熊本昭和史年表』によれば、昭和十九年十一月十九日、在中国の米軍機Ｂ29が八十機、昼間から九州西部を襲い、熊本市花園町柿原に五百キロ爆弾が十数発投下された、これが熊本県下への最初の爆弾投下だったという。空襲の本格化したのは明けて二十年の三月からで、三月十八日、米艦載機が県内各地を空襲し、球磨郡木上村（現在、錦町）高原《たかんばる》の人吉海軍航空隊では格納庫二棟が全焼し、九人が戦死。付近の民家も二戸が焼け落ちて四人爆死している。同月二十九日の朝にはいよいよ芦北方面にも米機カーチスＰ40やグラマン６Ｆ六機が飛来した。水俣の町も日本窒素肥料株式会社水俣工場を中心に爆弾・機銃掃射の攻撃を受けたのだった。

四月二十九日付け小野（森田）しげ夫人へ宛てた手紙の中で、喬は、毎日のように空襲を受けていることを報告している。その日も午前中、米機がやって来て爆撃を行なった。夕刻になって落ち着いたので手紙をしたためる余裕を得たふうである。むろん田舎の町よりも東京の方が事態は深刻化していたから、「言語に絶した空襲の戦災を憤怒のおもひで描いてゐます」と小野夫妻へ見舞いの挨拶も忘れていない。その上で水俣の状況をこう伝えている。

沖縄が近いだけに深刻です。当地は五里先に飛行場を控へてをりますだけに、後は御想像におまかせ致します。然し目下のところ当地の被害は大したことはありません。ほんのカスリ傷程度です。こちらも先生たちに疎開をおすすめしなくてよかつたと思つてゐます。口から出かかつて一度などは電報までしやうかとしたこともありましたが、もう何度も同じ程度の危険さになりました。然しいつでも他にあてがない場合には遠征なさつて下さい。

沖縄戦の実情がどの程度伝わっていたかは分からない。ただ敵が南島方面で展開しているのを一応承知していたから、「沖縄が近いだけに深刻です」と言っているのだろう。そして水俣は日本窒素という大きな会社があるし、喬が「当地は五里先に飛行場を控へてをります」と記すとおり南隣りの鹿児島県出水に特攻基地があった。東の人吉には海軍航空隊があった。安全ではなかった。ただ、東京のような大都会よりはマシなので、万が一の場合、水俣への疎開を勧めてもいるわけで、恩人への気遣いは並々ならぬものがある。そして、

来月いよいよ移転を致します。やつとこぎつけました。家のまはりに今度は畑を作ります。柿の若葉はいまが一番美しく、麦穂はたれてむんむんとしてゐます。すつかり初夏です。牡丹はくづれてしまひ、いま芍薬が咲き誇つてゐます。もう蛙、蝉が啼いてます。空襲下にもこれら自然の営みは人間生活の惨烈さを超えて、かなしいほどです。

こう記しており、戦局が悪化する中、喬は初夏の風情を怠りなくレポートしている。戦局の推移に興奮しつつ胸を痛めつつ、自分の体の不具合と闘いつつ、こうしてまわりの風物への観察を怠らない。喬は一日いちにちを大切に生きていたのである。冒頭に「来月いよいよ移転を致します」とあるが、五月に入ってから淵上家も疎開をした。ただ、疎開といっても遠隔地へではなく、自宅から至って近いわらび野の方へ移っただけである。そこは淵上家所有の借家のうちの一軒だった。わらび野というところは、八代方面から国道三号線を南下して水俣へ入り、水俣川にさしかかると川

を渡る直前の一帯である。これに対して淵上家は橋の手前から左へ折れてまもなくのところにあって、だから自宅から疎開先までの距離は一キロも離れていなかった。ただ、陣内が市街地で人家が密集しているのに対してわらび野の方は丘陵部で人家も少ない。だから、陣内よりも防空壕を作りやすいし、少しは災厄から逃れられるかも知れない、と、その程度のことだったようである。

わらび野では、空襲が激しいためほとんど防空壕の中で過ごさねばならなかった。東京創元社版『現代日本詩人全集』第十四巻に付された「小伝」には、この時期、「気紛れに絵など描き夫人を裸体にして困らせた」と記されているが、実にのどかなエピソードのようでありながら、実はそのような気晴らしでもせぬことにはストレスの溜まってしまう壕内生活だったのだろう。この当時書き綴ったノート「詩想蝶」の中には、こう記している。

六月廿二日、曇、強風、ナシ、警報出る、呉軍港にたいしてB29三六〇、じつさい残念でならない。

敷布団を引張つてもらつて東側壕へ、朝食一極、佳年くる、祈弩子をつれて牧ノ内へ、夕刻より義父来て溝の整備と壕の改築、よりえ氏一寸くる。みち子荷物の整理、胃おもく、頭一日中ふらつく、祈弩子温和し、畳にやすむ。

空襲へのおののき、体の自由が利かぬ無念さ、体調不安、子どもへの気遣い。無駄のない短い記述ではあっても、疎開先での落ち着かぬさまが目に見えるようだ。

さらに七月二十八日の空襲では、水俣の町に小型機四機が飛来して空襲を行なった。その日の喬たちはどうであったかと言えば、

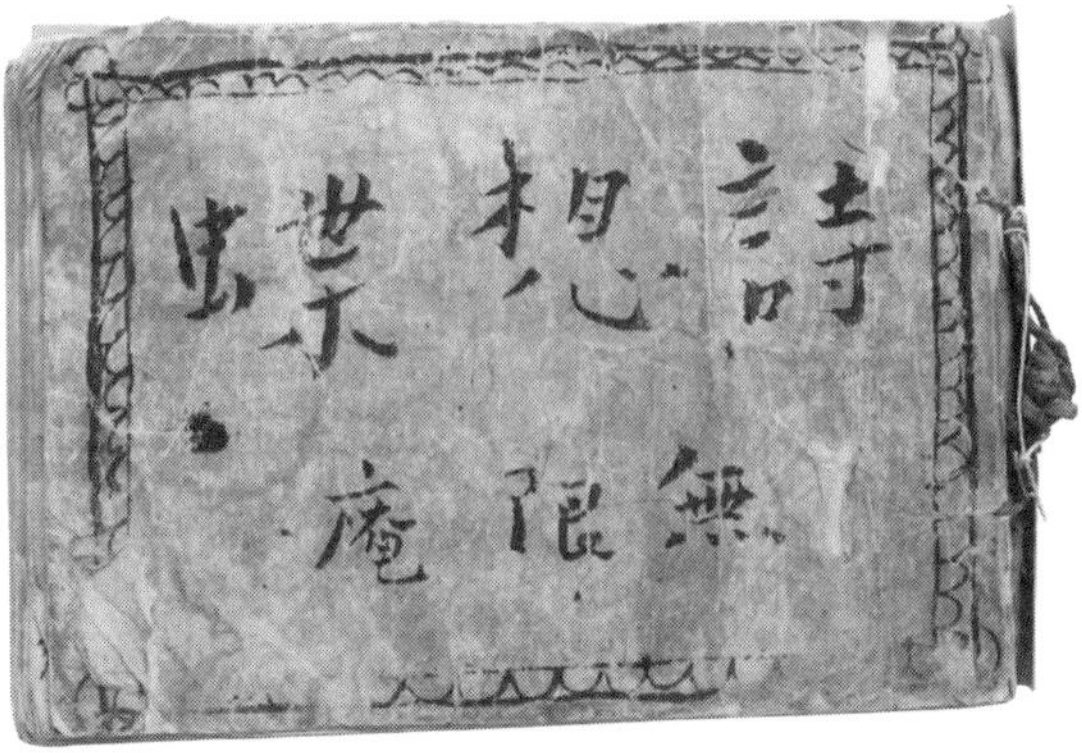
詩想蝶（水俣市立図書館蔵）

早朝より終日空襲、壕より出て、松葉杖をついて大地に素足で歩いてみる、ああ、一歩、二歩、後ろへどうと転倒、道子の手及ばず、

胡瓜と鳳仙花の畑、

右膝を痛打し、背部を強打、しばし息もとまる、悲痛の極み、とつさに喀血を思ひ、右股患部の再発を思ひ、暗然、しばし足を揉んでもらひ、勇を奮ひて縁側に移る、人眼のあらぬを幸ひとし、ああ、切望の八年目のけふ天罰厳然と降り鉄槌を蒙る、傲岸《ごうがん》なりし神へのわが不遜なる精神よりならん、

ゆるし給へゆるし給へ、謙虚を失ひしわれを、

病気のため歩行のままならぬ喬であったが、空襲の危険の前にどうでも動いてみなくてはならなかった様子が伝わってくる。だが、努力してもうまくいかなかった。右膝や背中をひどく痛めて苦しんでおり、それをまた喬は自身の不甲斐なさとして激しく自らを責めるのである。「天罰厳然と

降り鉄槌を蒙る」「ゆるし給へゆるし給へ、謙虚を失ひしわれを」と、かなり深刻に事態を受け止めている。

それから四日後（七月三十一日）の空襲はもっと本格的で、B25が二十四機やってきて、水俣では死者が十名出ている。喬たちも危かった。同じ「詩想蝶」の中に、

息もつまるやうな空襲をうく。防空壕に入るまなく妻もともに蒲団をかぶりたるのみにて小型爆弾、機銃掃射より免れるを得しは真に奇蹟といふべく、神仏の御加護深きを痛感して呆然となるくらゐであつた。

とあって、下手すれば命を落とすところであり、ほんとに肝を冷やした様子であった。生まれて間もない愛娘・祈弩子は、その日たまたまミチヱ夫人の弟がその実家へと連れていっていた。それでこれも奇蹟的に災難に遭わずに済んだのだという。ちなみに同日の空襲で水俣中が被害に遭ったのだが、疎開中であった喬の先輩・深水吉衛は妻の恒子を亡くしている。その遺体は、防空壕から掘り出すのに一週間ばかりかかったという。吉衛は軍隊の休暇をもらって帰って来たときに遺体と対面している。喬はこのことについて後に「生き残り悔恨多き秋にして」と追悼の句を詠んでいる。

戦時下、思いを記す

さて「詩想蝶」であるが、これは昭和二十年の初夏の頃から終戦をはさんで同年十一月頃へかけての喬の思索や詩作・句作等がメモされており、当時の様子を辿るにはたいへん貴重なノートと言ってよい。

若い乙女たちが
竹槍を持つて行く
植付けたばかりの甘藷が
乙女らの竹槍とおなじやうに
これからの激しい戦を感じさせ
竹槍は勇敢な彼女たちの墓標となる
甘藷は百姓たちの志を汲んで
村人《むら》を奮起させ
兵士らの喊声に力を籍《か》すであらう
ふるさとの山河は
美しく静かに
未来への刻を約束して

ゐないもののごとくである

最後の一行には抹消線が入れてあって、自分で気に入らなかったのであろうか。あるいはもっと推敲したかったが果たせぬままだったのか。それはともかく、これはただの思索メモなのか、いやもしかしたら詩として書いたものか知れない。なんにしても乙女たちが竹槍を持っていることといい、食糧増産のための甘藷栽培を話題にしていることといい、当時の様子を髣髴《ほうふつ》とさせる記述である。「竹槍は勇敢な彼女達の墓標となる／甘藷は百姓たちの志を汲んで／村《むら》人を奮起させ／兵士らの喊声に力を籍《か》すであらう」と綴ったときの喬はどのような気持ちだったろうか。戦時体制下、もうはや病床詩人もかなり熱っぽく思いを込めてまわりの状況に染まっているように思える。

結婚生活を退屈ならしめるのは、まつたく女の責任である。
あらゆる精神的交渉の進展を拒否し、或ひはむしろ阻害せんとすら行為し、無気力であるのは、出産による精力と時間の消耗とばかり云ふことは出来ない、要するに女は結婚してしまふことによつて退化するものである、
乱雑と不整頓と嫌悪すべき不潔のもたらす、明るく楽しかるべき結婚生活一年後の、永遠に取返へしのつかぬ亀裂、

さらに、右のようなことも記す。六月二十一日に書いたものと思われるが、同年二月末日に結婚

したばかりである。「明るく楽しかるべき結婚生活一年後」どころか、まだ三、四ヶ月しか経っていないのに「女」の退化を論じる。いや、論じているとは言えないだろう。結婚生活が男女双方いて成り立っている以上、そこに退屈や亀裂が生じるのは片一方の所為《せい》でそうなることはあり得ない。喬は自身についての内省はしているふうでなく、妻への一方的な論難しかしていない。ただ、そう深刻に記したのでなく、いわば愚痴をこぼしたに過ぎないようにも思えるので、その日はひどい夫婦喧嘩をやらかしたのでもあったろう。

　淵上家の夫婦生活について、どのようなものであったか偲べる材料は多くない。しかし、昭和二十六年三月になって「詩雷」第三輯に妻のミチヱ自身が「喬さんのこと」と題する一文を寄せており、夫との生活の様子が少し窺える。まず一日の生活を言えば、喬は十時頃に眼を覚ます。妻のミチヱが部屋を掃除し、御飯の用意をする間、新聞に目を通している。朝食が済む頃には郵便が配達されてくるが、そうなると手紙類を読み、返事を書く。気が向けば子どもと少し遊んでやる。ただ、起きてすぐに客が来る時もあって、そんな日は気持ちが乱されてあとの物書きにも集中を欠くらしく、「一日戦死」とうそぶいて嫌がっていた。「面会謝絶」の貼り紙を玄関に掲げたこともあるが、しかしそんなことをすると客が喬の病状が悪化したかと心配して家に「走り上つて来られますのでそれではかえつて逆効果」であった。それで、面会時間は午後の二時から四時までと決めたこともあったそうである。だが、面会時間以外でも「毛錢さんの面会謝絶はいつもの事だから」と無視して平気で上がって来る者もいたそうで、来客の多さや彼らの無遠慮ぶりには悩まされたようである。そして、夫婦関係の機微に触れる次のようなエピソードも披瀝している。

或日の事、私が薪を割つてゐますと「薪割りを止めて汗をふいたらどうだ」と言ひます。「もう少しですから…」と仕事を続け様としますと突然大きな声で「自分一人で薪を割つてゐると思つたら大間違ひだ。俺も一緒になつて何事もやつてゐると思つてくれ、さあ背中の汗をふいたらどうだ」と申します。之れには私も一寸驚き涙の出る程嬉しく感じた事が御座居ました。

喬はただ虚しくベッドに横たわっていたのではなかった。絶えず周囲の者たちの動きに注意を払っており、妻が薪割りをする時には自身も同じ苦労をしてみるつもりで全身に力を入れていた、というのである。だから妻の疲れ具合も思いやることができる。そればかりでなく、妻がベッドのかたわらで裁縫をしていると本を読んでくれることもあった。妻は裁縫の手をせっせと動かしながら夫の朗読に耳を傾けていたのである。ミチヱがいちばんよく覚えているのは森鷗外の名作「高瀬舟」で、三回も読んでくれたという。この小説は安楽死を扱ってあり、喬としては他人事とは思えぬ気持ちで親しんだのかと思われるが、しかもそれを妻に向かって朗読する。実に身につまされるシーンというべきであろう。

自分の作品ができた時も、読んで聞かせた。

又詩が一篇出来ますと夜中でも私を起こしましてお茶を入れさせ初めに自分で朗読し乍ら「どうだね」と申します。それから私が代つて朗読します。「違つた人が読むと又違つた味が出てくるものだ」と申しまして必ず二人で朗読致して居りました。私にとつてこの時程幸福に感じた事は御座いません。

自作をまず自分が読んで聞かせる。ついでそれを妻に朗読してもらう。自分だけでなく、他の者にも読んでもらうことで自作の客観的な出来具合いや味わいを確かめたかった様子がいじらしい。薪割りの逸話といい作品朗読のことといい、いったいどこに「詩想蝶」の「結婚生活を退屈ならしめるのは、まつたく女の責任である」との言い草が適用できるだろうか。淵上喬・ミチヱ夫妻は、結構良い感じのおしどり夫婦だったものと思われる。

雨はひねもす降りて
みどりごはむづかりやまず
われ木製の玩具を鳴らし子をあやしぬれど
子は泣きやまず
このほど世にいふ親となりしばかりのわれはせつなくなりて　懸命にその玩具をば打ち振りたり
さきほどより
妻は水を汲みてあり
雨はさらにやみもせず
たそがれはふかまりて

なほもかちかちと鳴らす木製玩具の
かなしけれ

六月二十九日、こういう詩のようなものを「詩想蝶」に書き記している。時季はまさに梅雨さなか、いちにち雨の降る中でのつつましい家庭生活。空襲に怯えながら、一方で淵上喬は父たらんとしてしっかり努力していた。ついでながら、ミチヱ夫人はさきほど引いた思い出の記「喬さんのこと」を、次のようなエピソードを披露して締めくくっている。

先日、買物から家へ帰つて参りますと仏壇の開き戸があいて居り線香とマッチが見当りませんので子供がいたづらしたのだろうと思ひ近所の人達にたづねました所二人共お父様のお墓へ行くと一人はマッチ、一人は線香を持つて出掛けたとの事です。私は其の時ドーンと胸をつかれた思ひで一杯でした。今後私は三人の子供が丈夫で素直に育つてくれるのをせめて祈るだけで御座居ます。

「詩雷」第三輯は昭和二十六年三月九日の日付で発行されているから、ここに出てくるのは喬が亡くなって間もない時期の子どもたちの様子であり、マッチと線香を持ち出したのは多分長女の祈弩子（昭和二十年生まれ）と長男・聳（二十一年生まれ）だったろう。末っ子の黙示は昭和二十三年八月生まれで、まだ一緒に墓地まで出かけるには幼なすぎたのではなかったろうか。しかし、それにしても祈弩子も聳もまだ小学校にも上がらぬ幼児だったわけで、その二人が連れ立って墓地までの坂をヨチヨチと辿る。たどたどしい足どりが目に見えるようだ。喬はわが子たちからこんなに慕われていた。良い父親だったのだ。

「詩想蝶」の俳句

「詩想蝶」には、俳句はどのようなものが記されているか。見てみると、六月下旬に「俳句がつくれない、／心に満てるものがないゆゑか」と愚痴をこぼしているものの、その割りには結構多くの句がメモしてある。

地唸《うな》りの背骨を伝ふ天の河

これは、多分、六月中旬頃の作かと思われる。病状のきわめて良くない時のものではなかろうか。それも、苦しんだのは夜であり、だから「天の河」が登場するのだが、気分的な救いとしてこの天の河が捉えられていよう。

山桃を売りにくる子は跣足かな
からみたる胡瓜の蔓の行方かな
育つ

からみつつ胡瓜の生きる暑さかな
腸《はらわた》を曝けしいのちに悲雨かな
腸《はらわた》の爛れを冷やす畳かな

右の五句は六月二十六日作である。一句目は、当時の水俣の風俗を記録していておもしろい。子どもが、小遣い銭稼ぎであろうか、町へ山桃つまり楊梅《やまもも》を売りに来る。それも、裸足のままで往来を歩く。今でこそ楊梅売りなどする人もいなくなったが、昔は梅雨時季には町で見られた風景である。それも水俣に限ったわけでなく全国各地で楊梅売りはいた。

二句目と三句目、胡瓜《きゅうり》の蔓の伸び具合に目を注いで詠まれている。この場合の胡瓜は喬の寝ているところから見える場所に栽培されているのに違いない。三句目「胡瓜の生きる」は、右に「育つ」とも書かれ、推敲する際に迷った形跡がある。しかし、結局「生きる」で落ち着いており、毛銭は胡瓜の蔓の伸びるさま、絡む様子をまるで自分の生き様と重ねているような印象がある。そして五句・六句目になると、やはり喬の病気への苦しみが濃く反映されている。

節々に黴の花噴く梅雨なかば

これは六月二十九日の句。いかにも雨の降り続く梅雨時季の鬱陶しさが詠まれており、実感たっぷりである。しかもこの日は「雨はひねもす降り／みどりごはむづかりやまず／われ木製の玩具を鳴らし子をあやしぬれど／子は泣きやまず」と詩に書いたとおり、雨が降り続くだけでなくて生まれて間もない長女がむずがって手こずっている。やるせない梅雨の一日だった。

つぶし
ぐみをもて蟹描きたる土蔵かな

「ぐみをもて」のところは、「ぐみつぶし」にするか迷った形跡がある。この句は詠んだ日付がはっきりしないが、前後の句や文から判断して六月下旬から七月初旬にかけてのものと推察できる。喬は夏茱萸《ぐみ》が生っているのを見て詠んでいるのだが、ついでに句の背景となった幼少年時の思い出をこう自分で記している。

ぐみの実で
土蔵の白壁に世のかなしきちちははのなすことを描いたのは
夕ご飯《はん》のおそい宵だつた

なんとまあ、早熟だった喬少年は夕飯が遅いから待ちかねて、蟹を描くだけでは物足りなくなった。「世のかなしきちちははのなすこと」をも落書きしたらしいのである。まことに生意気千万であるが、夏茱萸を潰した汁で描くなどとはいかにも素朴な行ないである。

蝸牛《てでむし》の登りつめたる小枝かな
何処《いづこ》へもわが家もろとも蝸牛《でで のむし》
時折は甲羅も痒きかたつむり

右三句とも詠んだ日付が分からないものの、さっきと同様に梅雨の時季の作である。そして、これはひたすら蝸牛が題材であり、喬の観察の細かさが偲ばれる。第一句目・二句目にはそれが言えると思う。とはいえ、それだけで終われそうにもない。三句目で時折り甲羅が痒いと詠むあたり、どうも喬は蝸牛のそれを自分の境遇に重ねている。
同じ頃には次のような句が見られる。

もの陰へもの陰へと蟹幼かり
容赦なく鰻をつかむ南瓜《かぼちゃ》の葉
しみじみと銭《ぜに》なき顔や水鏡

戦局は極端に悪化していた。敵機が水俣という九州西南部の田舎町にもどしどし襲いかかる状況となっていた中、疎開先の家や防空壕に逼塞《ひっそく》しながらも喬は「詩想蝶」に思いを綴り、このように俳句もメモしつづけた。句を読み味わう限りでは、空襲も食糧不足等もどこか遠くに霞んで、別天地にいるかのような風情である。だが、言うまでもなく現実はそうでなかった。戦争の終結すなわち日本国の敗戦はもうすぐそこまで近づいていた。

第六章　「淵上毛錢」の誕生

芋銭を愛敬してゐるので

昭和二十年八月十五日、全国に玉音放送が流れ、戦争の終わりを告げた。日本は敗れたのである。そのことについて、少なくとも「詩想蝶」に見る限りでは淵上喬がこの事態をどう受け止めたか知ることができそうな記述はない。従って、敗戦の日に喬が愕然《がくぜん》として国の前途を憂えたのか、あるいは逆にこれでようやく平和が戻ってくると喜んだか、もしくは淡々と事実を受け容れただけだったたか、ちっとも分からない。しかし、終戦から同年十一月にかけてのどの時点かで「詩想蝶」に次のように記している。

戦争はやんだ。
牛歩の俳号を一撤して、
　毛銭
と改める　病気と戦争はもうせんとの洒落にはあらずも、全体のひやう逸感をとる、芋銭を愛敬

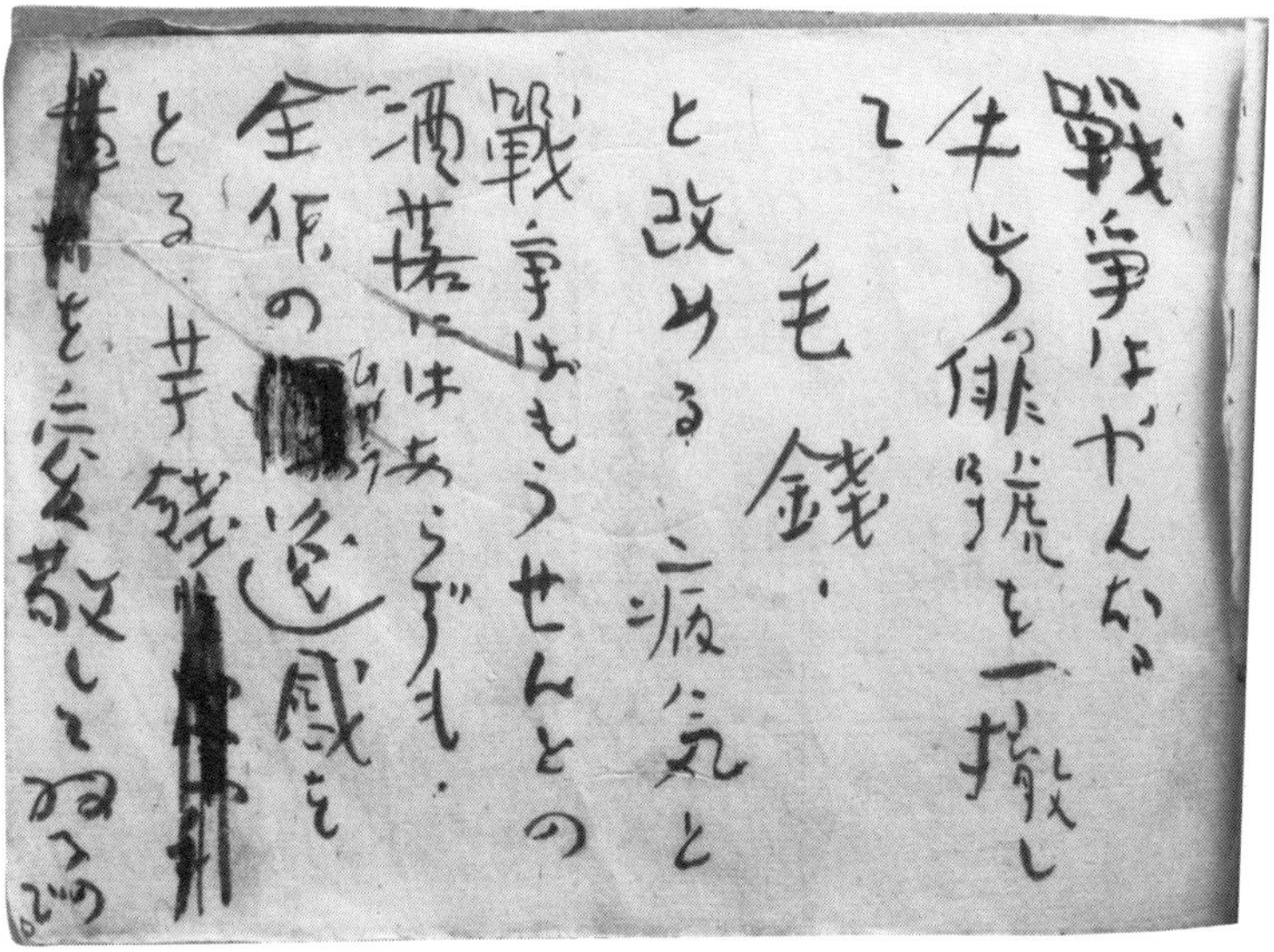

「詩想蝶」の中の一節「毛錢と…」

してゐるので

病床詩人に「敗戦」が何をもたらしたか、あるいはもたらさなかったか、この数行に凝縮されているのかも知れない。実は、この記述が現れるまで「毛錢」という名は存在しなかったのである。敗戦という事態をきっかけにして、淵上喬は初めて文芸家としての自身を「毛錢」と称することとなった。それまでは「菊盛兵衛」と名乗った一時期もあるし、俳句をつくるとき「牛歩」という号を用い、何度か「麦魚」と称したこともある。それが、いよいよ「毛錢」と改めたわけである。だから、これからは本書の記述も淵上喬のことはもっぱら「毛錢」と呼ぶことにするが、この名については本人もだいぶん迷った節があり、「詩想蝶」には他に「陶錢、黙錢、冬錢、虎錢、寒錢、秋石」といった名がメモされ、抹消線が引かれている。考えあぐねたあげくに「毛錢」と決めるに至ったということが窺えるのだが、これに決めた理由としては「ひやう逸感」つまり飄逸感《ひょういつ》があるし、「芋銭を愛敬してゐるので」と自分で言っている。これは、画家・小川芋銭《うせん》のことを指す。

小川芋銭は、明治元年、東京に生まれているが、三歳の頃には一家が現在の茨城県牛久市《うしく》に移住した。幼名、不動太郎。後に茂吉《しげよし》と改める。以後、牛久で育つが、早くから絵を描くことを好み、二十歳の頃には尾崎行雄の推挙を受けて「朝野新聞」に入社し、漫画や挿絵等を担当する。二十三歳の頃から「芋銭」と名乗っており、この雅号については津川公治著『小川芋銭』によれば、吉田兼好の「徒然草」に出て来る無類の芋好き真乗院の盛親という僧侶のことが下敷きになっている。芋銭はこれに親近感を持ち、自分も大の芋好きであるから、「何とかして私も自分の描いた絵が芋を買ふ銭になればいゝがと思つた」、これが雅号の由来だそうである。そうしたつつましい理由で考え出された号であり、まさに「飄逸感」があるわけである。芋銭は歳を重ねるに従って画境を深めて大成して行く。昭和十三年に七十歳で逝去するまで数多くの作品を世に残すが、特に一般には剽軽な河童画が知られているのではなかろうか。風景画や人物画、小動物を描いた絵、俳画等、多彩だったにもかかわらず小川芋銭といえば河童を思い出してしまうほどである。そして、芋銭は時には「牛里」と称して俳句も詠んだ。水月会という俳句会の会員にもなっていたというから、画業のかたわらの余技とはいえかなり愛好したようだ。また俳句が好きだからこそ俳画もよく描いたのであろう。

沈香も焚かず屁もひらず鰒汁《ふくと》

清水汲んで酒の香残る瓢《ひさご》かな
飯粒で障子繕ふ夜寒かな
冬枯の桑束ね居る翁かな
大いなる春の光よ石の上
十二橋に秋風強し芙蓉散る
無花果《いちじく》の露散る舟や鵯《ひよ》の声

こういった句が遺されている。六句目に潮来《いたこ》の前川に架かる十二本の橋が詠まれているのでも分かるように、茨城の地に根差してのものばかりである。そして、俳号「牛里」から連想されるのは、毛錢の一時期用いた「牛歩」である。「芋銭を愛敬してゐるので」とあるのは、つまり毛錢はかなり以前から小川芋銭の画業や俳句やらに親しんでいたのではなかろうか。「牛歩」という名も芋銭の俳号「牛里」を真似た気配があるように思われる。
「牛歩の俳号を一撤して、／毛錢／と改める」と書き込んだ後、「詩想蝶」には俳句がだいぶん記されている。

敗れ去り枯木のなかの壮士かな
梵妻《ぼんさい》の御廊小走る秋の暮
秋風や納所坊主《なっしょぼうず》の懐手

虚しさや古盃を手にしつつ
手足より精気抜かれる陽なたぼこ

ただし、「牛歩の俳号を一撤して、／毛錢／と改める」と言っているとおり「毛錢」という名は初めのうちあくまでも俳号だった。詩作品を発表する際にはまだしばらく淵上喬のままであった。「九州文学」昭和二十一年九月号に発表した詩「柿情三趣」はまだ「淵上喬」。翌二十二年一月に発行された「無門」第七号になると、「淵上毛錢」の名でエッセイ「詩について」が載っている。同月発行の「九州詩人」第二号にも毛錢の名で「寝姿」を発表しているので、この名を俳句以外の詩や散文でも用いるのはこの頃からと思われる。

ちなみに、二十一年末のこと、八代市に住んでいた詩人・上田幸法へ毛錢名で葉書を出したが、その中では「戦争と病気はモウセン。またはモウゼニが無い。この場合モウゼンとなり、その上、聳《そびえ》が誕れたので絶対毛錢。最後に誰かこんな話を書く奴がいたらゲセン。淵上喬を、淵上毛錢と改めました」と記している。「毛錢」という名を用いるゾと外へ向けて宣言したことになるが、上田幸法の「淵上毛錢の私宛の手紙（その二）」によれば、この葉書を受け取った時、上田は八代青年文化連盟と水俣青年文化会議の共同発行で出されていた雑誌「無門」第七号の編集に忙しい思いをしていた。とりわけ淵上喬が執筆することになっていた編集後記がなかなか届かないため、焦っていた由である。そこへ折りよくこれから「毛錢」と名乗る旨の葉書が届いたため、ちょうどよかった、とそれを「後記」として「無門」に掲載した。ところが、「プライベートなことを公開したと彼が激怒、私も負けていなかったことで、以来、いくらか交遊が稀薄になってしまった」のだそうである。毛錢としては、上田幸法に宛てた葉書の文面は「聋が誕れたので絶対毛錢」などとあくまで冗談交じりの私信であり、それを公表するとはどうしても「ゲセン」ということになる。激怒したのは当然であった。もっとも、毛錢が編集後記をなかなか送らなかったのが事の起こりであり、原稿が届かないため困っていた上田も窮余の一策で致し方なかったのであろう。

雑誌「無門」にまつわってもう一つおもしろい話が残っている。上田幸法「淵上毛錢の私宛の手紙（その四）」の中で、毛錢は「無門」に詩よりも俳句の方を積極的に発表したので、八代在の同人たちから「詩人なら詩を書け」との強い批判が出た、と記されている。それで、上田がそのことを毛錢に伝えたところ、毛錢はもの凄く怒った。

バカタンどもが。俳句も詩である。然もだ、然も絶対に今まで発表しなかつたものを「無門」に発表継続してゐる。鹿の骨ばかりそろうとる。ソゲン気に喰はんなら「再生」も「俳句」も「エッセイ」も新年号にふとぶとのせう。罰あたりどもに云ふてきかせるが詩ば毎月書くほどの詩人ぢやなか。

病気療養の気慰めに勧められて始めた俳句であったが、このようにもう本気で句作に取り組んでいた。実際、毛錢は「無門」の創刊号（昭和二十一年三月）には詩「無門」、第三号（同年八月）に詩「自己放棄」を発表しているが、第四号（同年九月）・五号（同年十月）・六号（同年十一月）と立て続けに俳句を発表している。それも五句・六句・七句という数であるから、やはり句作への熱意は半端ではなかった。

「無門」に発表した句の一部を挙げてみる。

肌しろき破戒坊主や秋の暮
皆の衆恙《つつが》もなけり秋彼岸
秋冷の空深深とバッハかな
逝く秋や濁酒《どぶろく》下げし寺男
さからはず谷の深みへ落葉かな

たいていは「詩想蝶」にメモした中から出句している。

ともあれ毛錢は詩と俳句を右のように等価に扱っていたが、それにしても基本的にどういう考えを持っていたかと言えば、「無門」の事実上の終刊号となった第七号にそれを見ることができる。「詩について」と題して短い文を書いており、これが毛錢にとって唯一の詩論であるが、詩の本質を「詩人の成功はただ彼一人の随喜の泪と彼一人の内に在る詩神との私語である」と論じている。詩を書く作業は詩作者と詩神との間に交わされるひそひそ話だ、と言うのである。さらに、こう断じる。

無闇に凝つた字句の使用や、変転極まりない種々さまざまの「傾向」等に、真の詩神は宿りはしない。古今未来を通じて、宇宙の魂を躍動させ人間の霊魂を感動させるのは、平易な神の詞の活用によるのである。

詩人と詩神との間に交わされる私語は、無闇に凝った表現を使ったりあの手この手の方法を講じたりしていても輝かない。宇宙にまで届くような、人々を感動させるような詩は分かりやすい表現を用いてこそ可能になる、と、こう言いきる。毛錢の詩の数々を読んでみて、「平易な神の詞の活用」、この一語には誰もが深く頷くのではなかろうか。毛錢はそのように詩（俳句を含む）を文学を考えていたのである。

それはともかく、日本の敗戦という事態は淵上喬に新しく名乗りをしたいとの気持ちを起こさせたことは間違いないと思える。「毛錢」、それは言わば新たな出立の象徴であった。ちなみに、『淵上毛錢全集』には熊本市の宮崎主蔵・代美（毛錢の姉）宛ての次のような年賀状が載っている。

新年明けましてお目出度う存じます。
神話と伝説の否定に発足した昭和二十一年度に、かく慣習語を用ゆることはなかなかの勇気を要することを痛感します。

裏みちの

小まがり多き
邪宗の町

皆様のご健康をお祈りします。

一月二日

古くからの年賀の慣用句である「新年明けましてお目出度う存じます」を言うのはなかなかの勇気が要る、と言明するのは、どのような心理から来るのだったろう。日本が敗戦を喫し、それを機に「神話と伝説の否定」が行われて新しい日本が発足した。そのことについて、単純な気持ちではあり得なかったのではないだろうか。新しい名乗りが「毛錢」という古風な響きである裏には、飄逸感だけでなく自身のいわく言い難い屈折、戦後の風潮への距離感も込められていたかに思われる。

古川嘉一と毛錢

戦争が終わってから毛錢には新しい交友関係が生じる。まず、忘れてならないのが詩人・古川嘉一である。古川は、明治四十四年、八代郡金剛村（現在の八代市水島町）に生まれている。毛錢は大正四年の生まれだから、古川の方が四つ年上ということになる。小学校の教師だったが、終戦直前になって兵役召集が来て南支へ赴き、復員したのは昭和二十年の暮れ近くであった。『古川嘉一詩集』巻末の渕上清園氏作成年譜によれば、古川は「この年の暮れ頃か、あるいは翌年の春にか、学校へ復職のための挨拶に行ったあと淵上毛錢宅を訪問。先客に八代の詩人・上田幸法がいた。三人で歓談」したのである。その時のことは、上田が追悼文「古川嘉一さん」の中で次のように回想している。

毛錢居士（その頃の淵上喬さん）の家に遊びにいつていた時、それは終戦の翌年の晩秋であつたと記憶する。玄関の方に人の訪う声がした。恰度、奥さんは買物に出られた後だつたので、仰臥不動の居士にかわつて僕がのつそり、どなたですか、と玄関に出た。すると茶色の背広に髪をてかてかと光らせた四十前の男が、淵上さんはいらつしやいますかという。僕はどなたですかと反問する。するとその男は「古川嘉一です」といつて、てれくさそうにニヤリとした。で、名前はかねて知つていたので、さあどうぞと、一も二もなく招じいれて、三人でかんだんした。

古川さんは復員して、就職のじれいを受取ると、さつそくその日、水俣の学校にあいさつに来たのだとのことだつた。僕と古川さんは帰りに、いつしよの汽車に乗つた。

（「斗鶏」第十三冊・古川嘉一追悼特輯）

上田は「終戦の翌年の晩秋であつたと記憶している」と書いているが、古川嘉一の復員・学校への復帰は二十年の暮であるから、記憶違いではなかろうか。しかし、とにかく毛錢・嘉一・幸法は終戦後にこうして相知ったわけである。

嘉一の詩風は、毛錢と比べてずいぶんと違う。この人は昭和二十四年に肺結核で亡くなるのだが、病いを得て間もない昭和二十二年五月十二日、次の二編の詩を書いている。

いたつきに名のつきそむる五月雨《さつきあめ》
流るゝ水と行く雲の
こゝろを胸に生くる身の
ふとかりそめのいたつきに
名のつきそむる五月雨

「五月雨」という詩である。もう一編は「夕風」と題がついており、

夕風や白ばらの花皆動く
しんじつを求むる故の
　　　かなしみよ
けはしき旅の今日くれて
君遠ければ　夕風や
白ばらの花皆動く

この四日前には「検温器孤独の朝のばらと居る」という俳句を詠んでおり、古川嘉一はすでに闘病生活に入っていた。だから「いたつきに名のつきそむる」となるわけである。

実は、「五月雨」の中の「いたつきに名のつきそむる五月雨」も「夕風」に出て来る「夕風や白ばらの花皆動く」も、共に正岡子規の句である。つまり古川は子規の俳句を援用しつつ自らの思いを綴っていることになる。良く知られているように、正岡子規は肺結核・脊椎カリエスを病んだ果てに早逝した。明治二十二年の五月に喀血した折りにホトトギスの句を連作し、自身の号を初めて「子規」とした。「いたつきに…」の句はその四年後に詠まれている。古川嘉一は自らの「いたつき」を知った時、同じ結核性の病気《いたつき》との悪戦を闘った子規のことを想起したのだと思われる。子規は、いわば結核闘病生活の先輩だったのである。しかも子規も古川自身も同じ五月に病名がはっきりしたのであれば、運命的なものさえ感じたのではなかったろうか。

ともかく古川嘉一は、そのように文学の素養がたいへん豊かな人だった。だから、古川の詩風は毛錢と比べてずいぶんと違う。

この濁つた流れの川上には
疲れた大きな都会があるので
河幅の広さだけがちぐはぐで
音楽の様に
消えようとばかりする

白く冴えた鷺一羽
光るもの咥え
いつしんに咥え
夕昏れてゐる

なつかしいのは
背負つて来た後悔ばかりである

明日はほんたうに出発しよう。

「水のうた」と題する詩だが、一行一行の詩句に失われたなにごとかへの諦念のようなものが漂うのは毛錢と共通のものであろう。しかし、古川の詩の格調高さは格別で、文芸への、特に詩についての修練の深さが窺えると思う。古今東西の文芸思潮を知っているし、実作にも早くから取り組んでいた。言うならば、古川は毛錢のように初め音楽にのめり込んでいたのが後になって詩に目覚めた、という傍流的タイプではない。物心ついた時には書物に親しみ、やがて文学の世界にも目覚め、そのうち自分でも詩作に入っていった。いわば世の文学青少年が辿る一般的な道というか、本流を歩んできたタイプである。そんな具合で、毛錢と古川嘉一は歳も違えば文学への入り方も別コースであった。詩風も異なる。ただ、であるからこそ互いの世界の在りようが新鮮に映じたろうし、刺激しあえたものと思われる。両者はたちまちにして心が通じ合い、昭和二十二年の十二月には二人だけの雑誌「始終」を創刊するに至る。といっても創刊号（第一冊）は毛錢の「鮎」と古川の「痕」、このたった詩二編だけで構成されており、四ページしかない薄っぺらなものであった。

月は割れ
くだり鮎の横顔を打つ

孕みに触れる小石は
きのふ投げた俺の小石か

虫と瀬はいつぽんの縄となり
いち枚の秋の夜の舌

恐るるものなきこの俺を
いま舐めづり　締めつけてくる

骨は鳴り　眼底をひらけば

またも木橋の下に黒刃は棲み
かかる夜　いく匹の鮎
かの黒き刃を噛む

これが毛錢の詩「鮎」である。毛錢の作品の中では難解な方である。たぶん、病状悪化のさなか、苦しみつつ吐き出した詩句ではなかろうか。感情を整理できぬままの作だったかと思われ、昭和二十二年七月に刊行した『淵上毛錢詩集』にはこの作品は入れていない。
古川嘉一の詩「痕」は、次のような詩である。

絶望ではなくそれかといつて希望など
あるわけでもなく粛々と降るものの中
にとりとめもなく濡れ　昨日のことも
明日のこともいつさいとりつくろはず
薄くなつたいのちひとつのそのことが
そのことだけが　濡らしてもなほ乾き
何もかも悪いのだと思ひ何もかもそれ
よりほかに途がないのだとも思ひ屋根

や竹林や遠い山のかたまりやそんなも
のについ安心してしまふそれ程にもは
や迷ひ得ない痕の深さであると思ひつ
つ見つめてゐるあたたかな雨景である

毛錢のようにひねるのでなく緻密に構築された造りの詩で、作風の相違は明白だろう。ともあれ創刊号は薄っぺらなものであった。しかし和紙に印刷され、題字も表紙絵・挿絵も滋賀県在住の木版画家・高橋輝雄が担当して、たいへん瀟洒な造りとなっている。毛錢は小野八重三郎が送ってくれた春山行夫編集の雑誌「雄鶏通信」で高橋の木版画を知って感動し、交流を始めていたのである。あとで触れるが、同年七月に刊行した『淵上毛錢詩集』にはすでに高橋の版画がふんだんに使われているし、この「始終」の場合も同様であった。高橋の木版画は終刊まで続く。そして「始終」は、第二冊では他ならぬ高橋が版画だけでなく「サフランモドキ」と題してエッセイも寄せるし、第三冊になって今度は東京から金子光晴が詩「短章」を寄せてくれた。ただ、古川嘉一が昭和二十四年二月二十二

「始終」第一冊
（水俣市立図書館蔵）

日に亡くなる。同年三月一日付発行の第四冊には古川の詩「鮎」が絶筆として掲載される。

渓流の水底深く虚無の月沈み
このいかれる美しい魚の身も細る望郷
嶺々のはげしい夕焼に哀歎の言葉つつしみ
山門に破戒の僧一盞の酒に涙せり

だから、昭和二十四年四月五日発行の別冊（第五冊）は古川の遺作「絵本より」も含めて三十五ページに膨らんでいるものの、「始終」はこの号で終刊となった。

詩　辰野　隆
水風井　火野葦平
書牌集　第壱
絵本より　古川嘉一
せんだんの実　深水吉衛
書牌集　第弐
ぶどう酒を飲みて　片岡久恵
厭世歌留多　原田種夫

書牌集
豆腐的故事
第参
緒方　昇

目次は右の通りで、広く福岡の原田種夫や東京の辰野隆、火野葦平らにも原稿を書いてもらっている。毛錢自身の作品が見当たらないが、その代わり「書牌集」壱・弐・参は二十二年七月に刊行した『淵上毛錢詩集』への各方面からの反響が集められている。

音楽教師を駅に迎えた者は？

昭和二十一年三月某日、その日は天気もよかったそうである。国鉄水俣駅（現在の肥薩おれんじ鉄道水俣駅）に一人の音楽教師が降り立った。名を滝本泰三といって、年の頃は二十五、六。県立水俣高等女学校に職を得ることとなり、学校が探してくれていた部屋を見てみるために単身やってきたのであった。ところが、駅に降り立った滝本氏の前に一人の青年が近づいてきて、「滝本先生ではありませんか」と声を掛ける。「そうですが」、滝本氏が答えると、青年は告げた、「先生を待っているひとがいます」。こうして、青年は滝本氏をさっさと水俣市のはずれの、わらび野の小さな家へと連れて行った。拉致されたようなものである。「どこでぼくのことを知ったのか、駅に着く時間がどうして分かったのか。まったくのミステリーです」と滝本泰三氏は「わたしを語る⑰」の中で回顧している。わらび野の小さな家、そここそは淵上毛錢が疎開していたところだった。毛錢がここから陣内のわが家へ戻るのは二十一年の十二月二十八日で、それまでは戦争が終わってもまだ「疎開」状態が続いていたわけである。毛錢が戦後になって交流した人間の中で、この滝本泰三氏のことも見落とすわけにいかない。

滝本氏は大正九年、神戸市に生まれている。毛錢より五つ年下ということになるが、幼時より音楽に親しみ、四歳の頃にはNHKラジオ普及運動のための関西地区での演奏旅行の一員となった。武蔵野音楽大学在学中、NHK東京放送局子どもの時間の番組の手伝いもしたらしい。そして卒業する際には宝塚歌劇団で劇場音楽を担当することが決まっていたのだが、戦争が始まったために夢がつぶれてしまう。昭和十七年、母校の武蔵野音楽大学から紹介されて熊本へとやって来る。熊本市の尚絅高女が教員としての最初の赴任地で、戦争が終息し、ようやく平和が戻ってからは水俣高等女学校に赴任することとなった。毛錢がこの音楽教師のことをどの程度まで把握していたかは分からないが、会いたい一心であったことは間違いない。だからこそ無理やり水俣駅から連行するよう某青年に頼んだのであった。むろん、「拉致」とはものの喩えであって、連行するにあたって賓《ひん》客《きゃく》を遇する丁寧さは持っていた。滝本氏は、「わたしを語る⑰」の中で「ぼくを案内してくれたのは毛錢が起こした水俣文化会議のメンバーだったのですが、名前の方は失念してしまいました」と言っている。これは、昭和二十一年になって毛錢が「水俣青年文化会議」を興しているので、その一員だったろう。後で詳しく見てみることになるが、敗戦後、毛錢はベッドにあって徐々に進行していく病いと闘う一方で水俣の青年たちに呼びかけて精力的に文化活動を起こしていたから、言うなれば文化コーディネーターであった。

毛錢と滝本氏は、初対面以来たいへん親しくつきあうこととなった。しばらくしてから、滝本氏は二人の出会いの場となったそのわらび野の小さな家に住まわせてもらう。小さいながら五右衛門風呂もあり、牧歌的な親子三人の暮らしができたという。しかもまたやがて毛錢の家の離れに移ることとなるので、こうなるともうご近所どころか同居しているようなもので、毎晩、夕食を終えてからは毛錢のところへ遊びに行くのが習慣となった。当時の毛錢は、自分が動けぬ身となってしまっていることについて諦めの境地だったという。滝本氏と一緒に過ごすとき、毛錢は感情的になることはなくて物静かであったようだ。ただ、青大将が天井から落ちてきたことがあって、その時は毛錢も驚いたらしく、這って逃げたそうである。音楽や詩などについて語り合うだけでなく一緒にうたうこともあり、毛錢の声はテノールだった。また、滝本氏が水俣に住んだのは昭和二十三年の三月までであるが、その間、毛錢と妻ミチヱさんとの間には二人の子つまり祈弩子と聳がいた。二階で寝ている毛錢のところへその子たちが入ってくることはなかったという。

滝本氏は毛錢の詩にたいへん惹かれたという。氏に直接話を伺ったところでは、曲を作る人間にとって刺激的な、日本の原風景みたいなものが毛錢の詩に描かれていると思ったそうだ。氏は自から毛錢の詩に曲をつけるようになった。そして生まれたのが、「蟹《がね》しゃん」「魚売り」「なんとなんとなんしょ」「おかよ」「冬の子守唄――老婆のうたふ」「とほせんぼ」「河童」の七曲からなる組曲「小さき町」であった。

蟹《がね》しゃん

蟹しゃん、蟹しゃん、
按配の悪うこけた。
痛か所《とこれ》、雨ん降る、
蟹しゃん冷やせ。

蟹しゃん、蟹しゃん、
雨ん降らんち高下駄、
なしてそげん高い、
蟹しゃんのよかよ。

蟹しゃん、蟹しゃん、
手品《てづま》で泡吹いた。
そして今日も牛蒡《ごんぼ》の根、
蟹しゃんの傘たい。

蟹しゃん、蟹しゃん、
よか穴見つけた、
穴ん先あ何んな、

蟹しゃんの酒蔵。

蟹しゃん、蟹しゃん、
俺あ主が可愛《もぞ》か、
なんちかんち屁かんち、
蟹しゃんの眼の高さ。

蟹しゃん、蟹しゃん、
蟹はがつとして、
がれき　がるまさんの
蟹のくそ。

ここで最後の部分「がれき　がるまさんの／蟹のくそ」をちょっと説明しておくと、「が」の音を連ねたことば遊びである。水俣地方では、昔、よく口にされていたようで、「がれき」は瓦礫、「がるま」はカルマ（業《ごう》）。「蟹のくそ」、これは生まれた赤ん坊が最初に排泄する糞のことを指している。滝本氏が毛銭の詩のことを「日本の原風景みたいなもの」と感じたのは実によく核心の部分に触れ得ており、組曲「小さき町」に用いられた七編の詩はすべてこのように水俣ことばを巧みに取り入れた方言詩である。方言を生のままで使っても詩には昇華すまいが、毛銭の頭の中でうまく円やかに練られた上で並べられている。すでに述べたように、毛錢は滝本氏等の文化関係者やよその人と喋る時にはきちんと標準語を喋った。しかし家の者たちやご近所さんらを相手にする時はまったくの純粋水俣弁だったという。言うなれば、標準語と方言を上手に使い分けることのできるバイリンガル。「小さき町」はバイリンガル詩人と音楽家とが共同で作り上げた組曲と言えよう。

「毛錢詩稿帖」

ところで、「小さき町」七編のうちでこの「蟹しゃん」、それから「おかよ」、これらは「毛錢詩稿帖」と称されるノートの中に見られる。「毛錢詩稿帖」は、渕上清園氏の調べでは昭和二十一年の前半に作成されているようであるが、和綴じの、表も裏も表紙の内側に多賀谷伊徳の瀟洒な絵が描かれ、全部で九十七編の詩が手書きでまとめられており、「ノート」とみなすにはもったいないほどに凝った造りである。そして、当時の毛錢を知る上で無視できぬものが認められる。というのも、『誕生』にすでに入っていた詩も多いし、そうでないのはやがて刊行される『淵上毛錢詩集』に収載される詩作品だからである。毛錢は、これからまとめ上げる詩集を「第

「毛錢詩稿帖」(水俣市立図書館蔵)

二詩集」というよりもこれまでの自身の詩業の集大成版として世に問いたく思っていたのであろう。そういった意味で、まず「毛錢詩稿帖」一冊は、毛錢が己れの今までやってきたことに区切りをつけるための第一歩だったと見てよい。次に言えること、それは毛錢の内に「寿命」の自覚がはっきり出てきたこと。

ぼくが
死んでからでも
十二時がきたら　十二
鳴るのかい
苦労するなあ
まあいいや
しつかり鳴つて
おくれ

「柱時計」と題した、たった八行の詩である。あっさりと、簡単な言い方で柱時計に話しかけるかたちのこの詩、結びは「しつかり鳴つて／おくれ」とえらく素直である。だが、本当は自分が生きていようと死んでしまおうと関係なしに時計の針は回るし鳴りつづける、ということに思いを致した者にとって、それは非情なること以外ではありえない。「まあいいや」の心境に達するまでにはそれなりに時間が要ったはずであった。

美しいものを
信じることが、

いちばんの
早道だ。

ていねいに生きて
行くんだ。

これは「出発点」と題された詩。寿命への自覚があるからこそ美しいものを信じるのではなかろうか。美しいものを発見し、信じることは、生きている証《あか》しである。しかもそれをしっかり確かめ、一刻一秒を大切に生きる。病気の痛みに耐え、詩を書き、句を詠んで一日いちにちを生きるのは、こうした自覚に基づいての行為だったかに思われる。もともとは周囲の人たちから勧められて、いわば受動的に始まった文芸活動だったのだが、もはや毛錢にとってなくてはならぬよすがとなっていた。「ていねいに生きて／行くんだ」、まさにその通り、毛錢は毎日をていねいに生きていたのである。

「散策」という詩があって、これは「しつかり鳴つて／おくれ」と言えるようになってから生まれたのではなかろうか。

海は
はてしもなかつた。
なんといふ名の
魚であるのか、
椿の花の咲いた
石崖の下に、
夕陽を浴び
眼をひらいたまま、
ちやうど
僕のやうに死んでゐた。

名もない雑魚の死を「ちやうど／僕のやうに死んでゐた」と捉える作者。自身の来たるべき「死」が客観視された上でのこの結び方だと言える。果てしもない海を前にして、魚の死と「僕」の死はまったく等価に扱われ、作者はきわめて冷静にそれを受け容れていると思える。こうして「死」を受け容れてからは、案外、明るい虚無が詩人を解き放ってくれたのではなかろうか。

それでは、自らの中に死の自覚が訪れた一等最初の頃、毛錢はどういうものを書いたろうか。これについては、はっきり分かっていない。じんわりと清水が湧いてしみ出るようにして自覚したか、あるいはある日卒然として悟ったかも窺うことができない。だが、「或ル国」、これは無視できないものが表明されていると思える。

悲シイコト辛イコトヲ
堆ミ積ネテ
山ヨリモ高ク
心ヲナセバ
風ノ音モ
鳥ノ鳴ク声モ
マアナントヨクワカルコトヨ

重い病気に罹《かか》り、もしかしてこのまま治らないのではないかと恐怖に駆られる時、人はどういう心的状態になるのかが、この詩にはとても正直に言い表してある。ただ、あまりにも生々しいものを吐きだすのでひらがなでは剥き出しになってしまう。漢字以外の部分をひらがなでなくカタカナで記しているのは、それを掩いたいのであろう。作者の強張《こわば》った心の在りようが見え見えである。毛錢はこれを後に刊行する集大成詩集『淵上毛錢詩集』には収めなかった。この「或ル国」は、病人の真情吐露としてはきわめて核心を衝いているものの、詩としては熟していない。あまりに生まであるから、詩集を造るための作品選びをする際に詩人・毛錢は厳密に外したのであったろう。「毛錢詩稿帖」の中で最も秀逸と思われる詩について、言っておきたい。それは、「頸飾り」と題されているのだが、

流れには奥山の雪がにほひ、
ゆふべの石に魚は眠つてゐた。
まつ暗いなかに、
鉄橋だけは待つてゐた。

やがて、

夜行列車が
宝石の頸飾りを、

今夜も魚の　上に落した。

魚は眠かつたが、
もう一度ゆつくりと、
寝床を替へた。
頸飾りはすぐ消えた。

毛錢は結婚時に牛島三郎に献呈した手製本『痩魂象嵌』中にもこの「頸飾り」を収めており、すでにそれ以前には作品の原型があったものと思われる。その後、推敲を重ねる。いったいに毛錢は自作に後で手を入れる傾向があるが、この「頸飾り」には特に念を入れたようである。「毛錢詩稿帖」に書き入れをした後、昭和二十二年一月になって詩誌「九州詩人」第二号に「寝姿」と改題・改稿して発表している。さらに、その後集大成版『淵上毛錢詩集』に収められた時には、第一連の二行目は「ゆふべの石に　魚は眠り」となる。第二連以下は、

やがて　夜行列車の窓から
たらたらと　蜜柑の
しぼり汁のやうな灯が
魚の寝姿のうへに

宝石の頸飾りとなつて落ちた

魚は　眠かつたが
もういちど　ゆつくり
寝床をかへてみた
頸飾りはすぐ消えた

と、こういうふうに改まっている。推敲の成果は明らかであろう。かくて「寝姿」は毛錢の代表作といえる高い完成度を得たのであった。
厳密さといえば、毛錢は作品の推敲にはほんとに随分とこだわった形跡がある。その例として、もう一つ「春の汽車」のことを忘れてはならぬだろう。

春の汽車は遅い方がいゝ

おーい
その汽車止めろお

と言つて見ようか

春の汽車は遅い方がいい

これは、昭和十八年に刊行した『誕生』にすでに収録済みの作品である。春先の駘蕩《たいとう》たる雰囲気の中でものを思うとき、せかせかすることの無意味に思える場合がある。神経を尖らせたりせず、もっと余裕を持って過ごそうや。せっかくのこの春景色、春の空気、ゆったりと身を委ねるのがいい、と、そんなふうな作者の声が聞こえてくるようだ。水俣市在住のフォークシンガー柏木敏治氏はこの詩をもとに、もう廃線となってしまった旧国鉄山野線へ思いをこめて自らの詞も織り交ぜながら題も「春の汽車は遅い方がいい」とつけて歌った。水俣の風土に根差した詞とメロディー、価値ある一曲である。さてこのなかなか季節感あふれる「春の汽車」だが、毛錢は昭和十八年刊行の『誕生』に収めた後、そのままではまったく満足できていなかったふうである。いつどのようにして推敲の思案を重ねたのか、「毛錢詩稿帖」の中では次のように改変されている。

春の汽車は遅い方がいい。

見てのとおり一行詩にされているのである。しかも、毛錢の推敲作業はまだ終わらない。つまり、昭和二十二年七月に刊行した『淵上毛錢詩集』には収めていない。この詩集には『誕生』中の作品も多く再録しているのだから、毛錢がもし「春の汽車」に執着があったのならば入れているはずであった。しかし、「春の汽車」は推敲され、削られた果てに遂には棄てられたというか、消されてしまったことになる。まことに厳密な取捨選択である。

三島由紀夫らの『淵上毛錢詩集』評

昭和二十二年七月、毛錢は『淵上毛錢詩集』を出版する。この年、三十二歳になっていた。発行元が「青徽誌社」とあるが、その住所は毛錢の自宅と同じで、つまりは私家版だった。全部で六十編を収録し、巻頭には「不動」と題した作品が置かれている。

石は
風を待つてゐる
雨でも
いいのだが
石は

『淵上毛錢詩集』
（水俣市立図書館蔵）

疑ひもなく

実に

確《しつか》りしたもんだ

たった八行の短い詩でありながら、フレーズとフレーズの間をゆったり空けている。一行一行、これ以外の表現はあり得ないと決めて置かれているに違いない。「風を待つてゐる」、実にしっかりしている石。もしかして詩集全体が「石」として意識されたかも知れない。この「不動」を先頭に四十五編の作品が並んだ後、詩集後半に出てくる十五編は第一詩集『誕生』からの再録である。むろん、「毛錢詩稿帖」にも見てとれるとおり入念な推敲を経た上でのことであり、どの作も『誕生』収録の時より磨きがかかっている。第二詩集というよりもこれまでの詩業の集大成版であろうことは、すでに述べた。そしてまた、『誕生』出版の折りには先輩詩人達の序文・跋文に囲まれていたが、今回はまったくそのようなものはない。自身のあとがきすらなく、練りに練った作品だけが並ぶ。自信作だけをこれこの通りご覧あれと言いたげに、である。そうした意気込みは本の造りにも現れており、菊判でフランス装、表紙・扉・目次等に高橋輝雄の味わい深い木版画を計十一枚あしらった上で、印刷に使われた紙は上質の手漉き和紙である。えらく凝っているのであり、戦後間もなくのまだ諸物資が不足していた頃にこのような上等な紙をどう調達できたのだったろう。本文が一一六ページあり、これは『誕生』と比べれば二倍近い厚みである。どのくらいの部数を作ったのかといえば、奥付に限定三百部と刷り込んである。毛錢はこれを全国の著名な文学・芸術関係者、たとえば伊東静雄・岩下俊作・初山滋・西脇順三郎・蒲原有明・永瀬清子・村野四郎・山口誓子・西条八十等々に寄贈している。反響は続々と届いた。八代の古川嘉一と共にはじめた雑誌「始終」別冊（第五冊）には各方面からの感想・批評五十四人分が「書牌集」第壱・弐・参と分けて載せてある。他にも「紙数の関係で掲載できなかつた」として五十七人の名を列挙して感謝の意を表明している。

雑誌の巻頭に載ったフランス文学者・辰野隆《ゆたか》の「詩」、これからして実は『淵上毛錢詩集』への真心こもった感想であった。

毛錢詩集に翼が生えて
はる〴〵都へ飛んで来た
郊外の柴門　主は隆酔老
即ち老眼鏡をかけて
且つ誦み且つ独語す
ルナールか　　非ず

ラフォルグか　非ず
コルビュールか　非ず
非ず　毛錢は畢竟
毛錢ぢやて
詩《ポエジイ》は畢竟歌《シャン》ぢやて
おのがじし歌ふこそ
　　よけれ

辰野は「毛錢は畢竟／毛錢ぢやて」と断言し、己れの歌を心ゆくまでうたえ、と病床の詩人へエールを送ったのだった。

さて、これら数多くの反響を見てみると、『淵上毛錢詩集』の中で最も好感をもって読まれているのは「柱時計」である。七人がこの詩を挙げて褒めている。ついで多いのが「暮情」と「春祭り」で、六人。「暮情」は次のような詩である。

すりきれた

わら草履のうへに

雀が
寒く死んでゐた
ほそい足の泥が
固く乾いてゐた
そこは
急いで通つた

「柱時計」と同様、短い詩である。これと同じく六人が褒めた詩「春祭り」であるが、たった一行の短詩だ。

まき寿司の春菊がいやでいつも出して食べた

つまり諸家は、詩集中の長い作品よりも短いものの方に好意を寄せていることが分かる。
それにしても、昭和十八年に第一詩集『誕生』を出版して詩人としての活動を盛んにやってきたとはいえ、全国的には毛錢はまだ無名に近い存在であった。いきなり熊本県南の田舎町に住む見知らぬ者から一冊の詩集が贈られてきた時、受け取った側はどうだったろう。文芸評論家の古谷綱武は、次のような礼状をしたためている。

詩集唯今いたゞき、実は正直に申して大した期待もなしにぱらぐ〳〵とめくつて居りますうちに、ぐんぐ〳〵ひきいれられて、深い異常な感銘をうけました。ほんとに心に沁みた作品が多いです。立派だと思ひます。益々御精進下さいますやう、愛読させていたゞいたもの丶一人としてお祈りします。とりいそぎ御礼まで。

無名の者からいきなり本が送られてくるのだから、ワクワクして読めというのが無理だ。「大した期待もなしに」というのが古谷に限らず郵便物を受け取った人間の普通の反応だろう。だが、読み始めるやぐんぐん魅せられて、感銘を受ける。毛錢の詩集は鮮烈な印象を諸家に与えたのだった。伊東静雄は詳しく感想を述べた上で「近来出色の詩集と存じました。或は小生らより先輩の方ではないかとひそかに想像しております」と書いているから、『春のいそぎ』の練達の詩人は毛錢の作品群によほどしっかりとした手応えを感じたのではなかろうか。詩人・小野十三郎の礼状は三百字にも満たぬ短かさながら、「あなたの詩は、みなとぼけてゐるやうに見えて、なかなか複雑なものを秘めてゐます」「これが最近の詩によく見るやうなメタファの過重になつてゐないところがよい」などと的確に読み解いている。詩人・安藤一郎は詩集を受け取ってだいぶん時を経てから礼状を出しているようで、そのことを詫びている。しかし「そのくせ、詩集は二度位読み返へしてゐます」として、感想を「第一に面白い詩集です。非常に皮肉で、感覚が奇抜で、東洋的な俳かいがあり、又禅味もひそんでゐますし、漱石のやうな軽快さもあります」と、二度読み返しただけあって感想がこまかい。作家の井伏鱒二になると、「詩集拝受しました。なかなか立派なものだと感心しました。散文があつたら何か見せて頂けませんか。すでに発表されたものを、一枚でも、二枚でも。ご健筆を祈ります」というふうに、散文家だけあって理解する場合の切り口が違う。毛錢の詩に感銘を受けるが、それだけでない、この人には散文を書く才能もあるはずと見る。そして、毛錢の散文を読んでみたいのであった。女流作家の北畠八穂は、最初にいきなり「あなたの詩集をいたゞいて、私は自分の詩集を読む心地がいたしました」、こう記す。感情移入が行われており、具体的にいくつもの作品を挙げながら感想を述べるのだが、浮き浮きした文面である。男の文学者だけでなく、女性にも毛錢の詩作品は通じたのだと言える。そして、作家・三島由紀夫はこう記す。

近頃珍しい贅沢な詩集うれしく拝見しました。東京ではとてもこんな凝つた本は出来ません。御作のなかで、柱時計、約束、のやうな感覚のぎらつかぬ詩にかへつて、まだ見ぬ貴下の本領を発見しました。詩心がこの詩集にはあふれてゐる事。海鼠と山葵みたいな艶笑詩も、もう一つ洗ひ上げると美しいのだがと思ひますが如何。妄評不悪。

三島は大正十四年生まれだから、毛錢より十歳若いことになる。昭和十九年のまだ戦争まっただ中の頃に小説集『花ざかりの森』を出版した後、二十一年六月になって川端康成の推薦で雑誌「人間」に短編「煙草」を発表して文壇に登場した。だから、当時まださほど知名度の高くない新進作家であった。毛錢は早くもこの若い作家に注目していたのだろう。だから詩集を贈ったのだったろうが、十歳年下の三島から「艶笑詩」と呼ばれた「海鼠と山葵」、次のような作品である。

信じて疲れ
いまははや盲《めしひ》のおどろき

海鼠《なまこ》のうたふ
そのころゑに

憤起した
山葵《わさび》ではあつたが

さうよ
どうにもならん

抵抗するにしても
まつたく
もうすこし
曲つてみるか

他の文芸家たちからの感想はそれぞれ異なった趣きのものと言いながら誉め言葉ばかりであった。それに対して三島はこの詩を取り上げて、「もう一つ洗ひ上げると美しいのだがと思ひますが如何」と鋭くツッコミを試みているのである。毛錢はどう受け止めたろうか。それを窺えるものは存在しないが、この詩はうまくひねりが施されて、嫌味がない。深水吉衛の「詩人淵上毛錢追想」を読むと、毛錢は深水にこうした色んな知名人たちからの礼状や感想等を示しながら、「人間なんて、やっぱり、思い思いばい、吉衛さん、わしや、おかげで自信が出来たけん」と語ったそうだから、三島の評もまた自信をつけさせてくれる「思い思い」の一つに過ぎなかったかも知れない。

毛錢より若いと言えば、この『淵上毛錢詩集』を印刷したのは水俣の深水印刷所であるが、当時、従業員の一人に赤崎覚という若者がいた。昭和三年生まれで、その頃まだ二十歳になる直前ぐらいの年頃だった。この赤崎は、『淵上毛錢詩集』の活字も拾ったのである。彼はたいへんな本好きで、印刷所で働きながら淵上家へもよく出入りしていたという。赤崎はやがて同じ水俣市内の眼科医の息子・谷川巌（ペンネーム・雁）が詩や評論を書き、「サークル村」を創刊などすれば、熱烈に傾倒していく。谷川巌すなわち雁は、大正十二年生まれ。毛錢より八歳若いことになる。そういえば、この年の四月、久留米では毛錢と同じ年生まれの丸山豊が中心となって詩誌「母音」が創刊され、翌二十三年になって谷川雁もこれに参加する。谷川は水俣を去っていくが、赤崎の方は間もなく水俣市の職員となる。税務課の仕事で水俣の海岸部を巡るうち、あたり一帯に奇妙な事態が進行しつつあるということに気づき、そうしてそのことを一つ年上の石牟礼道子に知らせた。赤崎は石牟礼の『苦海浄土』には「蓬氏」と呼ばれて登場している。そう、毛錢が第二詩集を世に問うた頃、同じ水俣では次の若い世代がこうして初々しく息づいていたのであった。

なお、『淵上毛錢詩集』刊行後、昭和二十三年の内には毛錢は草野心平らを中心とする詩誌「歴程」から勧誘を受け、同人として加わっている。それだけの評価を受けたゆえのことであった。

この年の十一月、毛錢の先輩である深水吉衛とさとみ（火野葦平の妹）の婚礼披露宴が『淵上毛錢詩集』出版祝賀会を兼ねて毛錢宅で催されている。深水はもともと東京で日本ビクター蓄音機株式会社の専属となる等、声楽家として活躍していたが、戦争が始まってからは水俣に疎開していた。かわいそうなことに水俣も空襲を受け、その際に最初の妻を亡くしていた。それが、二十二年十一月、作家・火野葦平の妹との間に縁あって再婚したのであった。この婚礼の席には八代の古川嘉一も出席して、火野葦平や原田種夫、星野順一らの福岡組と酒の応酬をして奮闘したが、嘉一はみごとに轟沈した、などという愉快なエピソードが残っている。

第七章　水俣に淵上毛錢あり

山之口貘が見舞いに来る

昭和二十三年一月九日、毛錢は小野八重三郎夫妻に宛てて次のような便りをしたためている。ちょっと長くなってしまうが、引用してみると、

　同封のハガキ書いてゐましたら、けさ六ベエ殿より小包が届きました。貘さんの詩集を持つて行つてゐたので返へしてくれと云つ《ママ》たかつたそのため一緒に届いたわけです。代筆のお手紙も拝見致しました。きのふのハガキの改め一路のお気持ちがよくわかります。ジアンバア有難う存じました。早速着用、まことにゆつたりとして具合がいいです。なか〳〵スマアトな病人になり一寸病齢十三才とは思へないでせう。この手紙そのジアンバア姿で書いてゐます。プロ野球の監督みたいです。胸の砂ぶくろまですつぽりはいりますので肺病とは見えん堂々たる胸幅だと女房と笑ひました。うれしいです。厚くお礼申上げます。こんなかつかうしてゐると貘さんが、なんだ俺より元気ぢやねえか、そんならわざ〳〵来るんぢやなかつたと思ふかもしれませんよ。新年が

くるたびに今年は、今年はと、自分のいのちをくぎつて感じてゐましたが、十二年にもなるとそう云ふ感じ方にも無精になつて極めて素直な、来ればいつ来てもいいぢやないか、ともかく、一秒一秒を悔なく充実してゐればと云ふ気持で、死といふ問題に対してはしごく明るく、べつに深刻なものはありません。詩集のなかの「柱時計」のやうな態度をうしなひたくないと思つてゐます。旧のお正月にはまた餅を搗きますのでお送りします。では、とりあへずお礼まで。呉、もお大切に。小母さんも御無理なさらないで笑つてしらし《ママ》て下さい。女房重ねさね《ママ》お礼を申してゐます。一月九日朝

毛錢より

先生　　　様

おばさん

小野から送られてきたジャンパーを羽織って便りを書いたふうである。

文中に「六べエ殿」とあるのは、前に少しだけ触れた本間六三のことである。大正四年生まれだから、毛錢と同じ歳だ。火野葦平の「ある詩人の生涯」によれば、昭和十一年に起きた二・二六事件の際に麻布三連隊に所属していたが、反乱軍に加わって鈴木貫太郎大将邸に乱入した経歴を持つ。生業は香具師《やし》だった。毛錢が東京にいる頃、この本間もハンローの常連客だったので、その頃は親しくつきあいが生じていたわけである。田舎へ帰ってからはたがいに音信もなかったようだが、その本間六三、なんと昭和二十一年の十二月になってひょっこり水俣へ現れた。全国を股にかけて香具師稼業をしていたから、途中フラリと立ち寄ったのであったろうか。毛錢は「六さんが現

はれたのにはおどろきました。三晩泊まつて今日帰りましたが、なかなか立派な精神をたたかひとつてゐることに感心しました」と十二月十五日付けの小野宛ての便りの中で報告している。六三は、実に久しぶりの再会をしてみて昔なじみの毛錢が長患いをしていることや台所事情もよくないことを大いに憂い、以後なにかと世話を焼いてくれることとなった。非常に義侠心溢れる男なのである。この本間六三が毛錢の世話を焼いてくれるのと入れ替わるようにして以前からの親友・吉崎直彦との仲はいくぶんか遠くなった。

この便りでは、まずその本間六三がすでに毛錢のために動いてくれているということが分かる。それからまた大事なこととして、自分の詩「柱時計」に書いたような態度を失いたくない、と言っている。三十三歳の病人は、けなげにそのようにして死と向き合っている。さらに、「こんなかつかうしてゐると貘さんが、なんだ俺より元気ぢやねえか、そんならわざ〳〵来るんぢやなかつたと思ふかもしれませんよ」とある中の「貘さん」とは山之口貘のことである。昭和二十三年一月、貘が東京からわざわざ毛錢に会いに来てくれているのである。文面では、近々水俣へ現れるであろうと察することができる。

毛錢と貘とのなれそめやその後の交友についてはすでに辿ったとおりであるが、二人は毛錢が東京を離れて以来、便りのやりとりはあっても実際に会うことはなかった。だから毛錢としてはこの先輩詩人のことが懐かしくてたまらなかったのだろう。あるいは、自らの寿命についてある程度の見きわめもしていたからだろうか、昭和二十二年の末頃になってしきりにぜひ会いたい旨の便りをよこしたようである。貘は、エッセイ「葦平さんとの縁」の中で、火野葦平とのつきあいを思い出すついでに毛錢のこともこう記している。

昭和二十二年の末ごろになって、毛錢は速達や電報を何度も寄越した。生きているうちに、もう一度是非会いたいから、水俣まで来てもらいたいというのが速達や電報の用件なのであった。明けて二十三年まだ寒いころであったが、風邪をひいたまま、ぼくは疎開先の茨城から、水俣の毛錢を訪ねた。

毛錢がえらく何度も催促するので、遠路はるばる見舞いに来てくれたのである。飛行機便などまだ使えそうにない時分で、この当時は丸一日汽車に揺られなくては東京から水俣へは着けなかった。戦後の混乱はまだ続いていたし、まして当時の貘は茨城の妻の実家に疎開したままの状態で、そこから東京に出るのさえ四時間かかっていた。しかも風邪気味の体で九州へ行くのだから、さぞかし大変な見舞い旅行であったろう。病床の毛錢に久しぶりに会った時のことは、「淵上毛錢とぼく」というエッセイで詳しく語られている。

ぼくは、過日、熊本県水俣町陳内に、淵上毛錢を訪ねた。

貘さんには、十五年ぶりだ。と彼は云って、ぼくのことをよろこんで迎えてくれたのだが、むかしに変わらぬはつらつとした声が、むかしの坊やの声そのままなのが非常にうれしかった。彼は、木製の寝台に仰になっていて、そこには、彼のいわゆる、硯のようにへこんだ胸があった。

彼はその、へこんだ胸のうえに、座蒲団型の砂袋をのせて、その重みを、ねているうすっぺらな自分のからだの文鎮みたいにして、静かに暮らしていた。
ねついてからは、ときくと、
十二年になった、と彼は答えた。

山之口貘と毛銭が東京時代にどのようなつきあいをしていたかが窺えるし、病床での毛銭がどうやって日々を過ごしていたかも伝わってくる。
その後のことはエッセイ「箱根と湯之児」に詳しく回想されている。それによれば、この水俣訪問は「正月の半ば過ぎ」であったという。貘は往復の切符を買った上で水俣に毛銭を訪ねている。毛銭が喜んだのは言うまでもない。貘が酒好きなことを知っているから、毛銭宅では三度三度の食事の時に必ず焼酎を膳に添えてくれた。貘は「うまい焼酎なので、出されるたびに遠慮なく飲みつづけて、毎日朝から、赤い顔になったのである」と書いている。こうした朝からの飲酒についてはおもしろい話が水俣に残っていて、貘は淵上家で朝から焼酎を飲むばかりでなく、自分のふるさと沖縄の踊りをしてみせたという。見舞客が、病人を前にして踊ってみせるのである。機嫌良く酔ってのことだろうが、いやそればかりでなく病人の気持ちを和ませてやろうとの心遣いがあったと思われる。淵上家は沖縄ムードいっぱいになったろう。ところへ、毛銭の友人・池尾寧が訪ねてきたので、毛銭が、「この人も詩を書くのですよ」と紹介してやった。「どういう詩を書くのですか」、貘が池尾に訊いたのだが、しかし池尾はそのとき自分の作品を諳《そら》んじてはいなかった。口ごもっていると、貘は途端に顔色を変えて、「わたしは自分の書いた詩は全部諳んじていますよ。いつ、どこで書いたかも覚えている」と叱責したそうだ。朝から酔い痴れていても、さすが第一級の詩人。以来、貘の酔い方の愉快さとこの発言の厳しさは、毛錢と親しかった人たちの間では語り草となったそうである。

そのようにして四、五日がアッという間に過ぎた。もう帰らねばと思って貘が帰りの切符を見せた。そうしたらベッドの上の毛錢が、「一寸その切符を拝見」と言う。言われるままに貘が切符を毛錢に手渡したところ、毛錢はそれをいとも簡単に破いてしまった。「まだ帰るな！」との、まことに強引な引き止め策であった。貘は、結局そのまま十日ばかり居続けた。そして相変らず飲みつづけたのだったが、その間、毛錢のところへ出入りする若い者たちの会合に顔を出したり、当時まだ水俣に疎開したままだった深水吉衛の家に泊まりに行ったりもした、と「箱根と湯之児」の中で書いている。戦後の毛錢は日本窒素肥料株式会社社員たちの文化サークル尚和会の若者たちやその他の市民たちやらとの交流が頻繁であり、病床に仰臥しつづけながら水俣文化界の中心的役割を担っていたので、貘もまた彼らの会合に引っぱり出されたようだ。深水は火野葦平の妹さとみと再婚したばかりで、まだ水俣の駅近く山つきの八ノ窪《はちのくぼ》の実家にいた。「箱根と湯之児」によれば、その実家からは天草島が眺められたという。深水が再び東京へ出て声楽家としてよりもむしろ俳優として映画にしばしば登場するのは、昭和二十六年九月以降のことである。

さて、山之口貘の水俣滞在はまだ続く。

ぼくはまたしても、もうそろそろ、東京へ帰らなくてはなるまいとおもっていると、こんどは、温泉へ行けと毛錢がすすめるのである。ぼくはくたびれたからだを、一日中湯につけておきたいものだとおもったが、帰りの切符は買わなくてはならなくなったし、懐中がまごついた。
「ここで充分に静養したんだから、折角だけれど温泉はもう沢山だよ。」
ところが、毛錢はきかなかった。奥さんを呼びつけて、温泉へ持って行く米を用意させたり、深見《ママ》さんにたのんで、電話で温泉宿の交渉までしてもらったりしたのである。そこまで、病人からすすめられては、断わるわけにもいかなくなってしまったが、無理に断わっても病人のためにかえってわるいみたいな気もして温泉行を決心した。それにしても、ぼくは、毛錢のこの至れり尽せりの接待ぶりには恐縮しないではいられなかったのだ。

（「箱根と湯之児」）

というわけで、貘は水俣の海辺にある湯の児温泉に出かけることとなった。戦後、どこの旅館も木賃宿みたいになってしまっていて、泊まり客は米を持参して行かなくてはならなかった。物資の不足していた時分ならではのことであった。それで、貘がその米袋を受け取って立ち上がると、毛錢が笑顔で、「貘さん、これ」と言ってハトロン紙の封筒を差し出す。ひと目見て中に金が入っていると知れたから、「冗談じゃないよ」、拒むと、「じゃ、破いちゃうぞ」と毛錢。またしても破き作戦である。貘はそれを受け取らないわけにはいかなくなった。そして町なかからバスに乗り、バスは川沿いを走り、峠への坂を登り、峠を登りつめたあとは海沿いへと下りて行き、湯の児温泉である。平野屋という老舗旅館に泊まったら、自分の他に客の姿がなかった。しかし、夕食を運んで来た女中さんは、京都から有名な画家先生がお泊まりだと言う。湯に浸かると、その画家らしい顔の細い人物が首まで浸かっていた。翌日、帰りのバスに乗ると、バスの中もその画家と自分と二人きりであった、と湯の児温泉行のことを回想している。

結局、山之口貘は全部でどのくらいの日数を水俣で過ごしたことになるのだろう。しかも至れり尽くせりの日々であった。毛錢がいかに貘の来訪を喜んだかが偲ばれる。だが、貘は毛錢の好意でゆっくり水俣に滞在して本当によかったのである。そうたやすくは訪れることのできぬ僻遠《へきえん》の地であり、毛錢はこの二年後には世を去っている。ぼやぼやしていたのでは再会はかなわなかったはずであった。

詩とはこう書くもんですよ

毛錢の病状は好転しなかった。むしろ、当然ながら少しずつ悪くなっていった。ただ、病気と闘いながらの詩作や町の若い者たちとの文化活動などは旺盛であった。

一度少しだけ触れたように、この年の初夏の頃には毛錢の詩集が東京の八雲書店から出ることとなったらしい。ほぼ同じ時期に東京朝日新聞社も毛錢の詩集が出版できぬものかと動いていたが、先に八雲書店の方で話が進んでいたものだから諦めた由である。他ならぬ貘が、これまでの毛錢の詩集は自費出版で部数も少なかったから、もっと一般の眼に触れるかたちの本を出してやりたいと思って出版のために尽力した。貘は毛錢の『誕生』と『淵上毛錢詩集』の両方から作品を選び出し、それ以後の作も加えて全部で七十八編を一冊に収めるよう編集した。巻中の一編「ぶらんこ」

から借りて書名とし、序文まで書いて刊行に備えたのである。もっとも、詩集『ぶらんこ』は世に出なかった。「ぼくの力の足りなさと、出版界の不況」が原因だった、と貘は記している。

二十三年に入ってすぐに発行された「諷刺文学」第六号には「詩二篇」を発表した。タイトルのとおり「木」「鰈《かれひ》」の二編が掲載されていて、そのうち「鰈」は次のような作品である。

どこをどうして
まあよつぽど辛かつたんだね
こんなにまでうすつぺらに
だが鰈の鰈
わしああんたが好きでたまらんよ
我我の仲間でも
いま表から裏から
なんだかだと叩かれ叩かれ
それでも叩かれ叩かれて
一枚の板になるのが流行つてゐる
どこをどうするも
とてもこのままでは
もうわしの眼ンこん玉も

鰈並になつてしまうた
ぼつぼつあんたのところへ行つて
一杯飲むか。

出歩きのかなわぬ病人であれば、こうした魚類を家の外で見ることはできぬ。誰かが持って来てみせたか、あるいは食膳に肴として載っていた。それを見てから詩が湧いてくるのに違いなかった。鰈の薄っぺらな体型に思いを寄せ、叩かれ叩かれしているわれら人間に連想を及ばせ、そして「ぼつぼつあんたのところへ行つて／一杯飲むか」と落ちをつける。暗さのまったく感じられない、飄逸の趣きたっぷりといった詩である。詩人・淵上毛錢はますます冴えてきている。

こういう優れた詩人が町の一隅に居るものだから、当然のことながら水俣在の文学好きな者たちが慕ってくるようになった。

生きるといふことは
いつたいどんな色だらう

死といふことは
たとへばどんな音だらう

二本の糸を孕む
言葉の虫祭

だが
せつなやな

人も虫も　同じ時間に
二つの道は歩けない

二十三年の六月に日本窒素肥料株式会社尚和会文芸部歌話会に入っていた一瀬久雄が歌集『花陰』を出版した折り、毛錢はその本に跋文に代えて右の詩「方向」を寄せている。一瀬は病床の毛錢にわざわざ跋文を書いてくれと依頼したわけであり、つまり水俣の文化活動の中で毛錢がどういうポジションにいたのかがこれで窺えよう。深水吉衛「生きた、臥た、書いた　故淵上毛錢を語る」には、次のような回想が記されている。

臥たきりの彼の寝台のまはりには郷里の進歩的な青年たちがよく輪となつて集つた。彼は寝台の上に腹這いになつてかま首のやうに頭を打ちふりながら、文化を語り、政治を誹謗した。人が訪れるのを待つて、鬱憤をぶちまいてゐるやうであつた。行けば留守だといふことはない彼の枕辺で吾々はことあるごとに大饗宴を開いたものだ。

毛錢には、やはり若い者たちを惹きつけてやまぬ求心力が備わっていたのである。「行けば留守というふことはない」のはまったくそのとおりであって、ベッドにへばりつづける生活なのだから外出することがない。だから毛錢を慕う者たちは何かにつけて訪問した。毛錢は、音楽会や講演会等の催しを企画する時などには、精神集中すべく「面会謝絶」の札を門に貼りつけて計画を練った。しかし友人の上田幸法などは「私はそのハリ紙を破って入った記憶がある」と「淵上毛錢の私宛の手紙（その一）」で回想している。淵上家に出入りする人たちの中には、こういう元気の良い者もいたから、毛錢は毎日多忙を極めたようである。上田幸法へ「連日々客ばかりで一月延二百五〇人です。どうなります。？これで仕事ができたらふしぎです」（「淵上毛錢の私宛の手紙（その二）」）と自嘲気味に便りを書いたこともある。そんな愚痴をこぼしたいほどに多忙であったのだ。まさに、水俣に淵上毛錢あり。毛錢は若い者たちからすっかり頼りにされていた。日本窒素肥料株式会社に勤めて親睦組織尚和会の文芸部で活動していた黒木安孝は、追想記「素顔の毛錢」で、その頃の毛錢について、

毛錢は「金さえ出来ればプロ野球のパトロンになるのだ」と口癖の様に良く言つて居た。何時頃から野球好きになつたのか、知る所でないが、始めてアメリカのシールス軍が来訪して日米交歓野球大会が後楽園で行はれた際、中継放送を一緒に聞いた事があつたが、その熱狂振りに「之は只事ではないワイ」とほとほと感心させられた事があつた。

と、意外な一面を書き記している。これはつまり、戦時中途絶えていた野球の日米交流が復活したときのことを言うのであって、昭和二十四年に3Aウエスト・コースト・リーグのサンフランシスコ・シールズが来日した。日本のプロ野球を相手に七戦全勝の戦績を残したが、毛錢はこれをラジオで聴いて熱狂し、「只事ではない」のであった。野球に限らず、毛錢はラジオをよく聴いていた。病床にあってラジオは貴重な娯楽で、毛錢のラジオ番組批評は実に面白かった。「特にのど自慢の批評は面白おかしく茶話にしてくれた」と黒木は回想している。野球への熱の入れようといいのど自慢等の批評といい、毛錢の語りはさぞかし若い者たちに刺激的であったろう。また当時はNHKラジオの午後十一時から「お寝み番組」というのがあって、時々毛錢の詩が「美しい伴奏入り」で朗読されたそうである。「東京のNHKに詩人の岩佐東一郎が居られた関係」でそのようなこともあったというのだが、そんなふうに知り合いがいたとしてもやはり毛錢の詩に魅力がないことには不可能な話だろう。毛錢詩が一定の評価を与えられていた証左だと言える。

山内龍という名の、詩を書く者もいた。その山内のエッセイ「淵上毛錢のこと」によると、彼は「たしか昭和二十三年」に毛錢と初めて会っている。当時、山内は「まだ生みおとされたばかりの詩人の卵」だったそうだ。毛錢は白皙《はくせき》の額、黒いロイドぶちの眼鏡の下に鋭い視線があった。山内は魚を主題にした詩篇を、ベッドに仰臥している毛錢に恐る恐る差し出したのだが、すると、毛錢はそれを黙読し、感想は言わなかった。代わりに、しばらくしてから「あんた、詩とはこう書くもんですよ」と言って、手元にあった原稿用紙の裏側に詩を書いてみせた。それは「鰯」と題されて

おり、

言ひぶんも
あるに違ひないが
お主は
海の葉つぱだらう
海の恰好も　それで
ついてるやうなもんだ
よいか
俺の前の落葉一匹
眼をあけたまゝ
死ぬなんて
解つた　俺が海には

云ふておくぞ

この詩は『淵上毛錢詩集』刊行以後に成ったと思われ、つまりは山内龍が訪ねて行った頃、毛錢にとってはまだ近作だったに違いない。しかも、自信作であったろう。初めて訪れた「まだ生みおとされたばかりの詩人の卵」の作品を読んで、批評を下さずに自分の近作を示してみせる。たぶん、いちいち細かく辛辣に批評するにはかわいそうなものがあったから、代わりに「鰯」を提示して一からやり直せと示唆したのである。しかも山内の持って行った作品が魚を主題にしてあったから、自分としても同じ題材のものにした。毛錢なりの思いやりであり、なかなかの指導者ぶりではないだろうか。

とんちん亭開店

昭和二十四年の一月には、病状が危機的なまでに悪化した。そして、この頃、毛錢は原田種夫に「九州文学」を脱退する旨の便りをよこしている。原田の『九州文壇日記』によれば、原田は一月十二日にその書信を受け取り、「詩人賞のケイカ発表、気に入らぬものと思う。この倨傲許しがたく、怒り心頭に発す」とえらく憤慨している。それが翌日になると、他ならぬその毛錢が危篤状態だとの報せが舞い込んで今度はビックリし、「九州文学」の割付をしていても「毛錢のこと気にかかりてどうもならん」と、仕事も手につかぬふうだ。三日後の一月十六日には、毛錢へ見舞いの葉書をしたためている。原田は毛錢のことを怒ったり心配したりで、水俣から遠く離れた福岡にいてさぞかしもどかしかったことであろう。それほどに水俣在の病床詩人のことを気にかけ、大切に思ってくれていた。肝心の脱退通告の便りが残されていないので、毛錢がなぜ「九州文学」から離れようとしたのか、また「詩人賞」なるものが毛錢とどんな関係にあったか、さっぱり分からない。ちなみに、原田の編集した『記録九州文学（創作篇）』によると、この時の第二回九州詩人賞は長崎県の風木雲太郎が受賞している。

一月の危篤状態はやがて回復し、命を落とすまでには至らなかった。三月に発行した「始終」第四号には、「こほろぎ」という詩を載せている。

や
そのひげ
あんまり
鳴くな

ちと
触らせろ
まだまだ
じつとしとれ

よし
鳴け
明日は死ぬか
おかめこほろぎ。

短い作品である。この頃になってくると、長めの詩は書いていない。しかし、切りつめたことばで蟋蟀《こおろぎ》を詩に昇華させる。小さな生きものの生と死を見つめることは、とりもなおさず自らのそれを自覚することでもあろう。蟋蟀を通して静かに「死」が見つめられている。この年の八月に「母性線」という雑誌に発表した「雷と泥鰌」には、いくぶんか世相が反映されている。

わけもあらうが
そこを

なに
革命だ
雷よ　それにしても
音が小さい　小さい

泥鰌は
昼寝をしてゐたが
こそばゆいので
起きてみたら

けふは雨を連れて
革命が盛に鳴つてゐた。

「革命」などという語が毛銭の作品に現れるのは、後にも先にもこれっきりである。家に籠《こも》りきりの病床詩人にも、戦後の社会の混乱や開放感というような動きは否応もなく伝わってきた。だからこのような詩も書いたのであろう。

ところで、昭和二十三年から二十四年にかけて、毛銭は質屋を始めようとした形跡がある。病床にあって久しい人間がなんでまたそのようなことを考えるのか。やはり、闘病生活の長さが原因であったろう。端的に言って淵上家は経済的に追いつめられていた。質屋の屋号も「観音堂」と決めていたが、結局、失敗する。火野葦平の小説「ある詩人の生涯」では、「大鳥幸之助」という男を信頼して開店準備を任せたところ、資金を使い込んでしまった。「大鳥」は淵上家に住み込んでいたらしい。その男が金を使い込んだから、六さんこと本間六三がこれではいかんと判断して追い出した、という具合に物語られている。

六三は女房トクと弟七太郎《しちたろう》と三人で、四つの八畳のうちの一つに住みこんだ。そして、酔つ払つたり、脅かしたりして、大鳥一家を攻撃した。それでもしたたかな大鳥は出て行かない。で、闇仲間を四五人雇つて来て、八百長の喧嘩をした。日本刀や匕首《あいくち》を抜いて、家中あばれまはつた。これにはさすがの大鳥一家もおどろいて退散して行つた。

どこまでが虚構でどこからが事実なのか定かでないが、水俣の昔を知る人の話では六三が日本刀を振りまわして威嚇したのはどうも事実であるらしい。六三はなにしろ元気の良い男だったのだ。毛錢は、二十四年秋頃に小野八重三郎に宛てた便りでこう報告する。

既に六さんからお聞きになつたこととは存じますが、質屋の開業のことはその後今日に至つて大失敗でありまして、その経囲《ママ》については六さんから詳しくお聞き下さい。毛錢一代の不覚でした。親類・友人は多くとも、いざとなると誰一人力になるものもなく、観念的にはそういふことは一応知り、覚悟もしてをりましたが、実際に経験するとなかなか堪へます。

天の与へか、六さんといふ人物がついてゐてくれました。今後の方針を六さんが力になつてくれることを約してくれました。そのことについては六さんから直接お聞きになつて下さい。六さんの協力を得てなんとか今後のことについて目鼻を立てて行くつもりでゐます。

なほ、六さんは結婚しました。ではとりあへず。

本間六三が親身になって世話を焼いてくれている様子が伝わってくる。「六さんは結婚しました」とあって、本間は水俣に居着いたかたちである。それでも、結局、質屋開業のもくろみは挫折した。同年十月五日の消印がついた熊本の荒木精之宛書信の末尾に「秋風や狐狸《こり》の世界の化け競べ」という句を記しているが、これはどうも質屋開業失敗の余韻が裡に含まれているのではなかろうか。

しかし、毛錢も本間六三も挫けなかった。次なる挑戦がすぐに始まったのであり、それは「お総菜洋食店」を営むことであった。十月二十六日、水俣市大園町一の一の郵便局前に「とんちん亭」という名の店が開店、これがお総菜洋食店だ。開店するにあたっては「急告‼」と大書したチラシを配布しており、「お一人前十円で出来る洋食／水俣市に始めて出現致しました」という触れ込みである。続いて、「いよ〳〵本日より皆様のお出でをお待ち致して居ります。この金詰りのとき一家の経済はお台所から。安くて！うまくて！きれいで！便利！」と呼びかけている。「迅速出前」「どうぞ皆様のお台所として／会席、旅行、ハイキング等の／御予約は多少に拘はらず承ります」とも刷り込まれていて、こうしたキャッチコピーは毛錢が書いたのか、あるいは本間六三によるものか、それとも二人で共同で考えたのか。それで肝心のメニューと値段だが、カツレツ一個三十円、コロッケ一個十円、魚フライやはり一個十円、そして野菜サラダが百匁で四十五円となってい

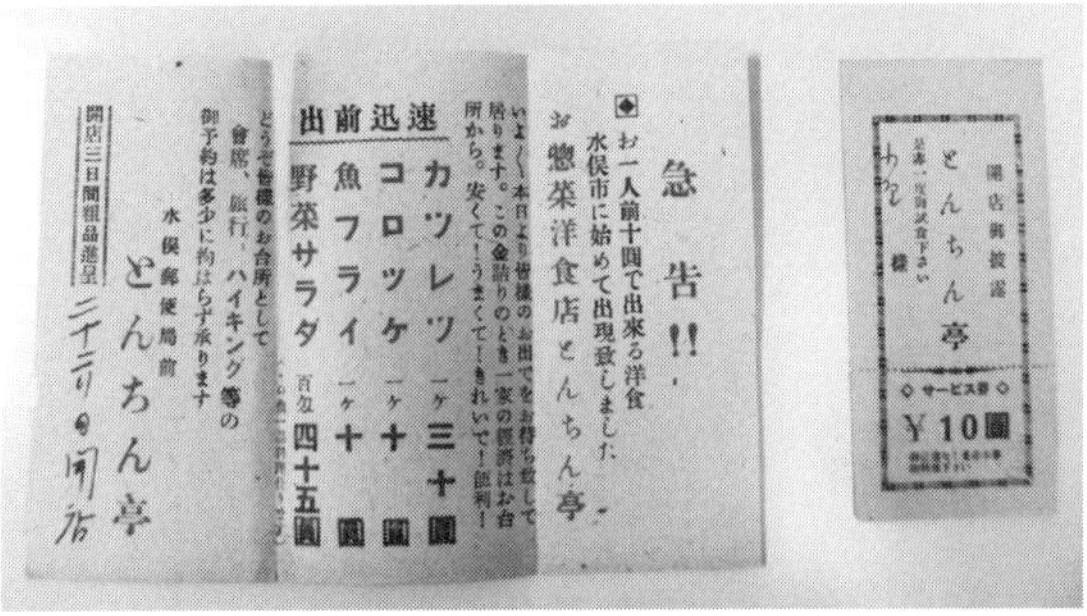

写真上：とんちん亭チラシ（水俣市立図書館蔵）
写真下：とんちん亭跡地（画面右の曲がり角）

る。「お一人前十円で出来る洋食」というなら、コロッケ一個ですでに十円だ。御飯にコロッケ、あとは味噌汁とか漬物がついて食事をする。当時の庶民の食卓ではこれで充分サマになる食事だったと思う。だから、「お総菜洋食店」は、発想はしゃれていた。毛銭は張り切っていて、このことを宣伝チラシやサービス券までも同封して東京の小野へ報せている。

ただ、これもまた開店はしたものの、あまり長続きしなかったようである。いやいや、なにより毛銭の寿命がもう尽きかけていた。ちなみに、いつも毛銭のことを気にかけてくれていた原田種夫は少しでもとんちん亭を宣伝してやろうと考えたらしく、「日本未来派」に「九州通信（2）」と題して次のような文を書いた。

淵上毛錢君が、十月二十六日に、水俣郵便局まへで「とんちん亭」といふお総菜洋食店を開業した。これは近ごろ快いニュウスの一つである。開業は二・二六事件の決死隊の一人でありバタ屋の親分でもある本間六三といふ人の仁俠に負ふところが大きい。一人前十円でできる洋食といふ歌ひ文句も面白く、水俣にかつてない洋食店なので繁昌してゐるさうである。

しかし、この雑誌「日本未来派」が発行されたのは残念ながら「とんちん亭」開店よりもずっと遅れてしまい、年が明けて昭和二十五年の四月だった。すなわち毛錢がこの世を去った後だったのである。

片道さへも十万億土

昭和二十五年になって「詩学」一月号に「零」が掲載された。次のような詩である。

用意　どん
ご苦労
おかげさまで
この世のからくりが

始まつたり
終つたりする
どこかの馬の骨が
お前が一番偉いんだと言つてたつけ

さあ
どいた　どいた

俺は　おそらく
死ぬときはないね。

「俺は　おそらく／死ぬときはないね」と詩の中にあっても、実際の毛錢は寿命がつきかけていた。深水吉衛「生きた、臥た、書いた　故淵上毛錢を語る」によると、一月三十一日になって毛錢は先輩の深水を相手にして自らの死後のことをいろいろと喋った。自分が死んだら墓標に「病床詩雷淵上毛錢の墓」と書き込んでほしいということ、また墓碑銘として「生きた、臥た、書いた」と記してもらいたい。それから、自分の死後に詩集が出版されるとするなら、書名は『毛錢詩経』とすること。それも「外装は誰、カットは誰、背文字と題字を誰々、序並びに跋を誰彼」というふうに自分の親しくしていた人々の名前を口にした。和紙を使い、二つ折りにし、二色刷で印刷してほしい。本文は黒、題は別色で地味なもの、字に縁《ふち》取りを入れること等々、こまかく構想を語ったという。葬式のやり方についても考えていて、「旗なんか立て〻ぞろ〳〵行列などをつくつて着いて来られちやわしは堪らん、そんなことはくれ〴〵も止めてくれ」と注文をつけた。自分の体の状態もよく把握しており、今度は全然自信がない。小便がちっとも出ないし、腎臓が海綿のように水を吸って役に立たなくなってしまった。この前までは、なに、死ぬものかという気持ちだった。しかし今度ばかりは別で自信をなくしている……、ざっとこのようなことを語ったという。毛錢は完全に死を覚悟していた。「出発点」という詩の中で「ていねいに生きて／行くんだ」と言っていたが、ていねいに生きることは同時にこのようにしっかりと死を見据えることでもあったのだ。深水の回想によれば、この当時の病状は最初のうち腎臓だと思って盛んに西瓜糖などを用いていたのだが、そのうち小便はなんとか出るようになった。だが、食欲があるのに食えなくなっていた。食ったら息が詰まって苦しんだという。それでも海鼠《なまこ》とか白魚とかタイノコのようなものを欲しがるので、探させた。パイナップルの罐詰も教会の牧師から分けて貰って与えた。亡くなるまでの四十日間というものは、毛錢は毎日インド林檎を十個ずつ搾《しぼ》って飲んでいたという。

ミチヱ夫人は、二月も終わろうとする日の毛錢のことをこう回想している。

亡くなります十日程前の事です。

「三人の子供を残して、お前一人に責任を負はせるのは済まない。今迄何一つ言はず良くやつて呉れた。後は頼む」と申しました。私はこの一言を聞きまして何にもかも清算されたすがすがしい気持で御座居ました。

「喬さんのこと」(「詩雷」第三輯)

毛銭は、どうしても夫人にこのことを言っておきたかったのである。いたって率直に自分の気持ちを告げた。だからこそミチヱ夫人も心が洗われたわけである。

三月になって「黄金部落」創刊号に「合図」と題した詩が載る。

みんな
嘘のなかに暮しをうかべ
忘れてゐる
忘れてゐる

きのふまで
信じてゐた暮しに
なんにならう
けふが真実らしく見えたところで

眼かくしをされ

置き放された
たくさんの魂が
たじろぎもせず
すすりあげて
夜泣きをしてゐるんだ

ああなんにも云ふな
云ふな
みんなすこしでいいんだ
うしろを向いて
手さぐりでもよい
合図をしてやつてくれ。

いつ頃書いた詩なのか分からない。しかし、戦争が終わって戦後の喧噪が始まってから成立しただろうことは容易に推測できる。身のまわりに感じられる世の中の動きへの、いわく言い難い違和感。毛錢が戦後という時代をどう肌身に感じて過ごしていたか、その気持ちが惻々と伝わってくる作品である。

この頃の作として、他にも挙げることができる。毛錢が死去して後、色んな雑誌にその死を悼む記事が書かれたし、遺稿も載ったが、その中で「詩学」昭和二十五年六月号掲載の「厭世経」、これは「絶筆」と銘打たれている。

誰もついてくるな
くるなと云ふに
俺はいつぽんの花
花のつもりだが
風も蜂もみむきもしない
おい　どうした
お前たちが來てくれねば
俺は子を殖めないんだ
吹けばとぶやうな

たった九行の短い作品である。短い一行一行に、毛錢の荒い息づかいがにじみ出ているのではなかろうか。そう思えてしかたがない。同じ号には「死算」という詩も載っているが、これもやはり死期が近づいた頃に書かれたものであろう。

じつは

大きな声では云へないが
過去の長さと
未来の長さとは
同じなんだ
死んでごらん
よくわかる。

過去の長さと未来のそれとは、同じ。こう断言してみせるまでにどれだけ生と死を見つめ、苦しみ、考え込んだことだろう。そうした闘いの果てに得た達観が「死算」の七行に集約されていると言えよう。

さて、これも深水吉衛が「生きた、臥た、書いた　故淵上毛錢を語る」で回想していることであるが、三月八日の夜、毛錢はミチヱ夫人に対して自分の死期について誰も本当のところを告げてくれぬと憤り、「おまへたちは寄つてたかつておれを瞞してゐる。ほんとうのことを云へ」、こう迫ったという。そこでミチヱは初めて医者から教えてもらっていることを明かした。それを聞いて、毛錢はうって変わったようにおとなしくなり、何にも言おうとしなくなったそうである。毛錢は観念したのである。毛錢が何ひとつ言わなくなって、時間が刻々と経って夜が更け、日付が三月九日と改まった。先の深水の回想では午前三時、渕上清園氏の調べでは午前五時頃、毛錢は、

貸し借りの片道さへも十万億土

と口ずさんで、これが辞世の句となった。しっかりと、己れの想いを句に託したのである。「貸し借りの片道」とは現世のこと、すなわち自身が生きてきた三十五年間を意味するに違いない。その短い三十五年すら十万億土であったというのだが、これをどう受け止めるかは見解の分かれるところだろう。しかし、ともあれ死を目前にして、毛錢はちゃんと自らの思いを短く言い表した。

この後、亡くなるまでどのくらいの時間があったかといえば、葬儀後に関係各位に送られた死亡通知には亡くなった時刻が「午後七時二十五分」と記され、『淵上毛錢全集』中の年譜も同じである。「熊本日日新聞」の昭和二十五年三月十一日の記事には「午後七時」とあって、いずれも当日の夜に亡くなったことになっている。しかし、渕上清園氏が昭和四十八年三月二日に毛錢の姉・宮崎代美《よみ》さんを訪ねて聞き取りしたところによれば、死亡時刻は「朝八時十分でした」とはっきり答えてくれたそうである。実は戸籍謄本に記載されているのはこの時刻である。代美さんは「タカシキトク」の電報を受けて夜行列車で水俣に行ったのだそうで、臨終の際に毛錢の傍についていてやっている。またその娘ヒサ子さんの話では、熊本で報せを受けて水俣に着いたのが九日の昼前であった。淵上家におもむくと、すでに毛錢は息を引きとった後だったという。毛錢は、三月九日午前八時十分、辞世「貸し借りの片道さへも十万億土」を口ずさんでからほどなくして息を引き取ったのであった。「結局全身衰弱による心臓の疲労が死因だつた」と深水吉衛は回想している。毛錢の句に「行き逢うて手籠の底の土筆かな」というのがあったが、まさにその土筆が水俣の野に生える頃、こうして逝ったことになる。三月九日という日は、あまり天気は良くなかった。夜になると雨が降ってきたそうで、天も毛錢の死に涙したのである。

葬儀は、はじめ十一日の予定だったが三月十九日に水俣市公会堂で水俣市公民館・日本窒素肥料株式会社尚和会文芸部・熊本日日新聞社、この三者共催による「文化葬」が行われている。本人はいたって質素な弔いを望んでいたのだが、しかし単なる故人の死でなく水俣の文化活動に多大なる貢献があったからこういう盛大な葬儀が行われたわけだった。葬儀の際に、原田種夫は「毛錢芸術について」と題して追悼講演を行っている。友人の池尾寧は水俣詩人会を代表して自作の詩「弔辞―故・淵上毛錢の霊に捧ぐ―」を朗読した。

なお、水俣で毛錢が逝去した四日後、東京の方ではあたかも遠く離れた毛錢と呼び合い、応え合うかのようにして恩師・小野八重三郎も亡くなっている。享年五十七歳であった。

第八章　毛銭命日に

わらび野の秋葉山にて

平成二十七年三月九日、月曜日。淵上毛銭の命日である。「淵上毛銭を顕彰する会」の主催による墓前祭に参加するため、車で水俣市へ出かけた。毛銭が亡くなって六十五年。生まれた年から数えれば、今年はちょうど百年目である。

その日、午前中は雨だったが、午後には止んだ。その代わり、昼間だというのにいやに冷え込んできた。午後一時四十分、水俣市役所に車を置いて裏手わらび野の秋葉山の方へ坂を五、六分歩く。左手の山腹に人影が見えて、三十名を越えていそうな感じである。そちらの方へ登っていくと、毛銭の墓を囲む顔ぶれが、老いも若きも男性も女性も揃っている。男女の別はともかくとして、こういう行事に若い層は来ないだろうぐらいに高を括っていたので意外な気持ちだった。見知った顔、初めての方、色々だ。顔なじみの人と「雨が止んで、よかったですね」「そう、心配したなあ」「わたしは晴れ男だから、こうなるようになってたとですよ」「おや、あなたは雨男じゃなかったかな」などと軽口を叩きながら会が始まるのを待つ。そして、二時、開会。顕彰する会の事務局長であり東福寺という寺の住職でもある萩嶺強氏の読経に合わせてみんなで手を合わせ、礼拝し、その後毛錢の詩「ぶらんこ」を町のコーラスグループが歌った。

ぶらんこに
乗つて
仰向けに
ゆられてゐると
オルガンを
聞いてゐるやうだ
明日も
オルガンに
乗つて
あの
雲に逢はふ

ああ、良い詩だなあ、とあらためて思う。それでまた、こういうふうに曲が付けられ、歌われると、さらに一段と映える。次いで他の詩三編ほどの朗読が行われたり、わたしがちょっとだけ喋らせてもらったりして、墓前祭は三十分ほどで終わった。

毛錢の墓

墓に背を向けて下方を見わたすと、毛錢の住んでいた町内が広がる。ここを訪れると、必ずこの眺望を愉しみたくなるから不思議である。「ほら、ほら、あそこですよ」と萩嶺氏が指差してくれるのは水俣川と湯出《ゆで》川の合流点より手前つまり川の右岸である。いやもっと正確には、川の堤防の少し手前に二階建ての古い家が見える、そこを指差してくれた。「あそこが毛錢生家で」と教えられて、こちらも深く頷く。あそこは何度か行ったことがあるが、この墓地から眺めわたすとどこがその場所なのか今までちっとも特定できていなかった。今日はじめて確認できて嬉しくなった。つまり、毛錢は自分の家をはるか下方に見下ろせるこのわらび野の丘に眠っている。昭和二十五年三月九日に、三十五歳で逝った毛錢。ブランコに乗って雲に逢おう、などという気の利いた感覚の持ち主だから、死後の眠りは快適でなくてはならない。この眺めだと不満はなかろう。改めて毛錢の墓に近寄り、しゃがんで、拝む。

昭和二十五年三月九日　没

十方院釈毛錢居士
俗名渕上喬　享年三十五才

昭和四十八年一月に建立されたという細長い自然石をつかった墓の表には、こういうふうに法名と本名が見てとれる。そして、裏には故人の遺志通りに碑文が刻まれている。

病床詩雷
生きた　臥た　書いた

現在分かっているだけで百八十一編の詩作品や多数の俳句（現存するのは三百三十四句）等を遺して世を去った毛錢。「生きた、臥た、書いた」、まことに象徴的なことばである。

毛錢の墓の左手には淵上家の墓もあるし、右手前には文学碑が据えてある。本人の筆蹟をコピーした碑面にはこう刻まれている。

風と光
愛と
　花
神神

の
絶ゆる
ことなく
廿二・八・廿二
淵　上　毛　錢

毛錢は昭和二十二年の七月に第二詩集『淵上毛錢詩集』を刊行した際、家蔵版（豪華特別版）を若干部数作製し、これまでお世話になった方たちに贈呈した。その中の一冊、牛島三郎という人に差し上げた分の扉に記したのがこの文言である。

「とほせんぼ」で方言談義

さて、墓前での集いが終わってからは萩嶺氏の東福寺に移動して本堂の中で懇談会が開かれて、二時間近く賑わった。あれやこれやと談義が弾んだ中で最も盛り上がったのが、毛錢の方言詩にまつわる話だ。水俣生まれでずっと住み続けてきた方たちにとって、たとえば毛錢の「とほせんぼ」などはたいへん親しみやすい一行一行だという。

ここん橋ば　通つときや
俺云うて通れ

そつでなからんば
通らせん　通らせん
そげん　云わんちよかろうがない
ネツケば　かますで　通らせろ
ネツケじゃ　嫌ちゃ
好かんとかい

特に「そげん　云わんちよかろうがない」は同じ熊本県内でもよその地域ならば「そげん言わんでも良かろうがね」というふうになるだろう。そこのところを水俣特有の言いまわしがされているから、地元の人間としてはたまらなく親しみが湧こう。年配の人は「楽しか詩ですもんな」と相好を崩すのだった。それからネッケは「ニッケ」、すなわち「肉桂」だが、この橋を通るには俺の許しなしには駄目だ、と威張りくさる相手に対して、そう言わなくてもいいでしょう、このニッケを嚙ませてあげるからこの橋を通らせてよ、と頼んでいることになる。さてここになると、若い参加者の表情が「?·」になった。それで、年配の男の人が「ニッケって、ほれ、肉桂《にっけい》の木があるじゃろ。あれの根っこを掘って、洗って、嚙るとうまかとばい」、ニコニコして説明なさるが、若者はまだピンとこないふうである。「シナモンのことよ」と六十歳代と見えるご婦人が口を挟んでくれたので、「あら、ま、そうですか」、やっと若者の顔がほころんだ。ところが、「ネツケじゃ　嫌ちゃ/好かんとかい」でまた若者がひっかかってしまう。だから年配の男性が「肉桂が嫌だと言うのか、好きでないのかい、と言っておるわけたい」と説明役。「ちゃ」は「ちゃ」ではない。あくまでも「ちゃ」である。それをちゃんと水俣の喋り方で伝えてくださったので、若者は素直に頷いた。さて、この詩は最後の部分を迎える。

フン　おかしゅうして　のさん
主　ことわらんち　どげんあろん
主が　通らせんち
なんたろん　なんたろん　ま
こげん　橋しや
スッケンギヨーで　きやー渡れ
スッケンギヨーで　きやー渡れ

ここに至って、東京育ちだがもう水俣に数年間住んでいてかなり土地の暮らしにも慣れてきた若い女性が「でもね、やっぱり水俣弁が分からない」、心細そうな顔である。とりわけ「のさん……って、これ、どんなことですか?」と訊くのである。なるほど、この「のさん」は微妙なニュアンスを持つが、「困るなあ」「嫌になるなあ」ぐらいの意味である。「お前の言うてることはおかしくって困るよなあ、笑っちゃうよ、ちゅうことたい」と男の人が声を挙げた。「そして、ほれ、こういう橋は、何ということはない、スッケンギヨーで渡ってやれ、渡ってやれ、と言うとるとたい」、男の人が本堂の中で立ち上がってドスドスとスッケンギョー、片足跳びをしてみせるので大笑いとなった。「きゃーっていうのは？」「だからな、きゃーは、接頭語。言いたかことを強めとるわけたい」「あら、ま！」、東京育ちの女性は「とほせんぼ」の中の方言が理解できて大いに安心したふうであった。

四時過ぎにもう帰らねばとお暇したのだが、なんとも名残惜しい気分だった。

八代へ向けて車を運転しながら、今日の顔ぶれは実に「老若男女」という言葉通りだったなあ、と、墓地へ入った時の印象があらためて蘇った。毛錢はエッセイ「詩について」の中で、詩は「詩神との私語」であると言っている。神と詩人との間に交わされる、大切なひそひそ話。だが、ひそひそであれば、肩の凝るような言葉や麗々しい美辞麗句であってはならない。神に対して嘘いつわりなく通じる言葉でなければならず、「無闇に凝つた字句の使用や、変転極まりない種々様々の『傾向』等に、真の詩神は宿りはしない」と断言している。ふっと「ぶらんこ」が浮かんでくる。「ぶらんこに／乗つて／仰向けに／ゆられてゐると／オルガンを／聞いてゐるやうだ」、そう、毛錢の詩は神との私語だったのだなあ。毛錢の紡いだ一語一語を見ていくと、凝った字句や新奇をてらった傾向性などひとかけらもない。分かりやすい言い方の中に、しかも深い意味が宿されている。あの人は十年以上も病床にあって結核性股関節炎との悪戦を闘ったが、それをしながらいかにして平明な表現に辿り着くか追い求めたことになる。だから、今も年齢や性別に関わりなくファンがいるのだ。毛錢の遺した詩群で語釈の必要なものはせいぜい方言詩ぐらいのもので、それもああして老・若・男・女が集ってあんなにも活気溢れる方言談義をさせてくれる。もしかしたら、あれは毛銭の狙っていたことだったかも知れぬ。
日が暮れて来つつあったが、もうすっかり空も晴れていた。寒かったものの、空には綿のような白い雲が浮かび、「明日も／オルガンに／乗つて／あの／雲に逢はふ」――「ぶらんこ」に出てくるのはこういう春先の雲だったのかな。なんだか、そんな気がした。「淵上毛銭を顕彰する会」は、これからも出前講座や講演会等を開いて毛銭詩の普及に努めるそうである。毛銭にまつわる催しの度にこうした老若男女による生き生きした会話が飛び交うならば、さぞかし愉快なことだろう。

「山へあがる」を読み返す

さて、その日帰宅してから無性に一冊の本を開いてみたくなった。それは毛銭でなく、若い頃に毛銭宅にも出入りした美村幹という人の詩集『岬の犬』。この中の一編「山へあがる」を読み返したくなったからである。

山へあがると
故郷のまちは一握りである
握った掌のまんなかに
高い煙突

すすけて巨きい会社さんがあり
握りしめると
潰れるのは
まず
市民である

とおく
この一握りから
謀反論の蘆花が出
振り向きもならず
若者たちが多く戦へ出た

ここでの「山」は、どこだろう。水俣市民に親しまれている中尾山とか矢筈岳であろうか。そこから見下ろすと、真ん中に大きな会社つまりチッソがあり、そのチッソ城下で「握りしめると／潰れるのは／まず／市民である」と簡潔な言い方にしてあるが、事の内実は複雑である。海辺の小さな町が、近代に入って会社が来てふくれ上がっていく。ずんずん近代が入り込んで来て、ハイカラな文化ももたらされた代わりに階層の分化も進んだ。町は発展したが、ドロドロした葛藤や鬩《せめ》ぎ合いも続いたはず。そんな中から水俣は徳富蘇峰・蘆花の兄弟が東京へ出て、兄はジャーナリスト・

思想家・文明史家として、弟は大逆事件で幸徳秋水らが死罪となったことに抗議して「謀叛論」を熱く弁じたが、世間的には作家として活躍し、特に「不如帰」は一世を風靡した。

城山の松が死んで出
毛銭が出
健一さんが出
雁さんが出

父母の骨を掘って
おれたち兄弟もみんな出
龍さんもとうとう出

スミスさんが入って出
学者学生役者映画屋そのほか
入ったり出たりし
昔なつかしい風土も
ごっそり出てしまった

そんななかで
とんとんの山の麓に
昔ながらの道子さんひとり
猫を抱いて日向に当っている

そこは途方もなく
暗くして
あやしく炎え
出たものたちは

すでに深あく
宿題のように
火傷をしている

山へあがると
世界も
この内側にある

徳富兄弟が出た後の水俣には、わが淵上毛錢が現れた。その後には谷川健一・雁兄弟が続く。長男健一は編集者稼業を経て民俗学者として大きな仕事を残し、次男の雁は詩人として思想家として特に昭和三十年代の日本を疾駆した。やがて水俣はチッソ水俣工場の中で労使間に安定賃金問題が起こり、市民をも巻き込んだ大騒動となって行くし、それと平行するようにして海辺で奇妙な事態が進行していく。水俣病が顕在化するのであるが、こうした中で「道子さん」すなわち石牟礼道子が「苦海浄土」等を書き始める。明治以降の水俣は近代化の荒波に洗われ、揉まれてきたから、水俣はたいへん鍛えられている。燃えて、火傷しながらも乗り越えて、次々に人物も育ったのかと言える。美村幹の詩は自身の育った水俣の近代・現代を冷静に見つめ、そして毛錢に倣《なら》った平易で穏やかな措辞で言い表したのである。毛錢の生涯を辿り、毛錢を生んだ水俣という土地のことを考えるとき、美村のこの詩は無視できぬリアリティを持ち得ているのではなかろうか。毛錢は良い後輩を持っていたのだ。夜、そのような物思いに耽ったことであった。

毛錢の詩ごころ

淵上毛錢は二十歳の時から闘病生活に入り、やがて詩を作り句を詠むようになった。三十五歳で亡くなるまでに百八十一編の詩作品や多数の俳句等を遺しており、つまり十二、三年でこれだけの創作活動をしたのだから表現意欲は旺盛だったと言えよう。その中から、主要なものをピックアップし、じっくり鑑賞したいと思う。虚心に読み、感じ、考える——そう、毛錢の「詩ごころ」を汲みとってみたいのである。

水俣で「寝姿」について考えた

淵上毛錢が葬られている場所は、熊本県八代市から南へ一時間余、水俣市内へ入って間もない国道三号線の右側の丘、わらび野というところである。墓所からは、毛錢の住んでいた陣内あたりはもちろんのこと、水俣の山々や市街地を眺め渡すことができる。墓石には、表に「十方院釈毛錢居士」と法名が、そして裏には「生きた　臥《ね》た　書いた」と毛錢のことばが刻まれている。

ついでながら、毛錢の墓に向かって左側の、藪を隔てた向こうの方は橋本憲三・高群逸枝夫妻の眠る墓所である。詩人であり、女性史研究に多大な足跡を遺した高群逸枝、作家でもあり敏腕の名編集者だったがそれよりも妻の研究生活を献身的に支えてはばからなかった橋本憲三、二人とも水俣生まれではない。憲三の妹が水俣に住んでいたので、逸枝の没後、妹を頼って東京から移って来た。橋本憲三は、研究誌「高群逸枝雑誌」を編集・発行しながらここ水俣で余生を過ごしたのである。

偶然のこととは言いながら、毛銭の墓所と橋本憲三・高群逸枝夫妻のそれとが隣り合っているものだから、「水俣って人材豊富だなあ」、思わず呟いてしまう。ザッと挙げれば、徳富蘇峰・蘆花兄弟、谷川健一・雁兄弟、石牟礼道子。いったい水俣という土地の何がこのようにして人材を輩出させるのか、肥後と薩摩との国境《くにざか》いに位置していたとか、近代に入って急速に町が膨脹し、文化が流入して刺激を与えたとか、要因はいくつも考えられるのだろう。考察してみる価値があると思う。

淵上毛銭の墓所を下り、国道三号線を跨いで水俣川の方へ歩くと、そこらが陣内である。毛銭の住んでいた家もまだ残っている。陣内はもと武家屋敷の並んでいた界隈で、今でも落ち着いた雰囲気を保っている。左手に山の木々を眺め、右手に水俣川の流れる気配を感じながら町内の大通りや露地を歩くのは、なかなか気分良いものである。

さて、毛銭の生家近くの水俣川の土手に立つと、間近に支流・湯出《ゆで》川との合流点が見える。鹿児島本線（現在は、肥薩おれんじ鉄道）が川を跨いでいる。その向こうに肥薩境いの山々が横たわる。「やあ、『寝姿』に描かれた風景だ」、思わず声が漏れ出てしまう。

流れには　奥山の雪がにほひ

ゆふべの石に　魚は眠り
まつ暗いなかに
鉄橋だけは　待つてゐた

やがて　夜行列車の窓から
たらたらと　蜜柑の
しぼり汁のやうな灯が
魚の寝姿のうへに
宝石の頸飾りとなつて落ちた

魚は　眠かつたが
もういちど　ゆつくり
寝床をかへてみた
頸飾りはすぐ消えた

流れに、奥山の雪が匂うのだ。夕べ、川では魚が石を枕にして眠っていたのか。……そして、あそこの鉄橋だけは汽車を待っていたわけか。……しかし、ちょっと待てよ。「寝姿」の中の「流れ」は確かに湯出川がモデルだろうし、「奥山」も、今向こうの方に照葉樹を豊かに纏って横たわる

「寝姿」に出てくる鉄橋

山々であろう。「鉄橋」も、間違いなくあそこに架かっているこじんまりした鉄橋だ。でも、そういった現実の景物にはあまりとらわれずに理解して一向に構わないはずだ。いや、いっそエイッとぶった切った方が伸びのび出来るのではなかろうか。「流れには　奥山の雪がにほひ」、この一フレーズだけ見てもいいわけで、雪の匂いを含みつつ流れる川というのなら、南国水俣の川よりもむしろ遠い北国のそれの方が似つかわしいのかも知れないのである。それから「魚」だが、「ゆふべの石に　魚は眠り」とあったり、最後の方で「もういちど　ゆつくり／寝床をかへてみた」と言ってあるので、ついつい結核性股関節炎で臥たきりの生活をしていた作者・毛銭その人のことか、と思いたくなる。でも、これもただ単に「魚」は魚そのものであって差し支えないはず。

やがて、鉄橋を夜行列車が渡り、列車の窓から「蜜柑の／しぼり汁のやうな灯」がたらたらと魚の寝姿の上に「宝石の頸《くび》飾り」となって落ちる、というのだから、何という豊かなイメージであることか。「宝石の頸飾り」

は、魚がゆっくり寝床をかえてみるうちには消えてしまう。まさに一瞬の光芒、詩人が自らの知性も感性も総動員して作り上げたかけがえのない小宇宙、そう受け止めたい。こういう上質の詩世界を見せてくれるのだから、淵上毛錢はやはり並の詩人ではない。
水俣川の川っぷちで、「寝姿」についてそのように思いを巡らせたことであった。

デビュー作「金魚」

「金魚」という題の詩がある。「九州文学」昭和十四年六月号に発表された作品だが、実は毛錢の書いたものが印刷物になって人の目にさらされたのはこれが初めてであった。

あなたも　泣いてと
女は云ふ

女は　天国の金魚だ
接吻なんていやよ
私は神様が教へて下さつたほか
なんにも知らない

女は　裸で飛んで見せて
と云ふ

地獄の金魚に
私はなりたい

あなたは
泣いてるのと　女は云ふ

毛錢は、早い時期から文学に深入りしたわけではない。幼い頃からオドモン（水俣の方言でいたずら者、悪ガキの意味）で、成長してからでもその傾向は変わらぬまま放浪の生活を続けた。そんな男が、昭和十年、二十歳で結核性股関節炎（カリエス）を患い、故郷水俣の生家で臥たきりの生活を余儀なくされるのである。俳句や詩を書くようになったのはそれからで、やがてはそれが自らの生と死を見つめていくためのよすがとなっていった。

「九州文学」は、昭和十三年に秋山六郎兵衛、原田種夫、劉寒吉、火野葦平などが中心になって福岡市で創刊された文芸同人誌である。創刊の前年に火野が「糞尿譚」で芥川賞を受賞しており、同人たちの意気は盛んであった。実際、十四年十月号の岩下俊作「富島松五郎伝」（一般には映画化された際の「無法松の一生」という題で知られる）が直木賞候補になるなど、毎回のように同人たちから芥川賞・直木賞の候補が出た。毛錢は同人の一人・原田種夫に詩稿を送り、文通するようになったのがきっかけとなってこの同人雑誌に加入し、作品も発表する。

「女」と「私」とのやりとり、「私」の述懐、こういったことが中心になって詩が構成されている。難しい語も用いていないし、観念的な言いまわしもしていない。平易な表現に終始しているにもかかわらず、肝腎のところはハッキリしない、これがこの詩の特徴だろう。「女」の言っていることは、「あなたも　泣いて」「接吻なんていやよ」「裸で飛んで見せて」、こんなふうに、とても具体的である。むろん、その裏には意味深長な呼びかけや誘いをひそませている。これに対して、「私」は「女」のことを「天国の金魚」と称《よ》んだり、自分は自分で「地獄の金魚」になりたいだなんて洩らしている。それじゃあ「金魚」って何なのだ？　分かるようで分からない。読んだ者それぞれでイメージしていくしかないのだろう。また、それだから、かなり自由に想像を拡げたり深めたりできるのではある。

ただ、「私は神様が教へて下さつた外／なんにも知らない」というくだりをどう受け止めるか、であろう。ニヤリとしてしまう男たちが多いのではなかろうか。ああ俺もかつてはそうだったよな、などとまだウブだった頃の自身を思い出して頬も緩んできたりするのだ。つまりは、詩の中の「私」は神様が教えてくれた以外のことも身につけさえするなら「地獄の金魚」になりたいなどと泣き言いわずに済んだのではないだろうか。

こういう作品で詩人としての出発を果たすのだから、淵上毛錢はなかなかに艶《なま》めかしい。

友情の証《あか》し「誕生」

毛銭の作品には、やさしい言葉が連ねられていながら実は捻りが利かせてあるため核心部分を掴むのが難しい、といったタイプのものがある。一方で、やさしい言葉そのまま読んで差し支えない、えらく素直に書かれたものも結構遺されていて愉しめる。「誕生」という詩は、後者のタイプだと言える。

直彦が今日も来た
おい　また生まれるんだ
い丶ねと僕
なにかい丶名前がほしいんだ
うんと僕
考へといて呉れよ
うんと僕

直彦が今日も来た
炎とつけろよと僕
焔？　炎？

どつちでもいゝが　火の二つ重なる方が
いゝぞと僕
男でも女でもか
うんと僕
直彦は黙つてゐた

ねえ　おい
この現実から始まる
新らしい児の時代　それはもう
絶対に信じてよいのだ
新らしい児を　めらめらと燃えさせるんだ　めらめらと

直彦は黙つてゐたが
僕と同じ考へである

よかろう
女房にも言ふておこう
直彦は寒い夜道を

　帰へつて行つた

見てのとおりで、難しい言いまわしは一つもない。内容も、「直彦」が、やがて生まれるであろうわが子の名を考えてくれ、と頼みに来たから「炎」と命名してやった、そんなふうな話が語られているだけである。

　もっとも、ちょっと目を凝らして辿り直すと、それだけでない要素も見えてくる。第一、「直彦が今日も来た」とあるが、そんなにたびたび訪れる客とは何者なのだ。しかも「直彦」は、この名前をつけるにあたって肉親とか親戚にでなく赤の他人の作者に依頼するのだから、変わった人である。作者自身も、ためらうことなく応じており、考え出した名が「炎」。作品の成立はたぶん昭和十七年の後半で、その頃日本は戦争の真っ盛り。結核性股関節炎で寝たきりの詩人にも、その熱風の煽りは伝わっていた。だから「この現実から始まる／新らしい児の時代　それはもう／絶対に信じてよいのだ」と、意気盛んである。「新らしい児を　めらめらと燃えさせるんだ　めらめらと」、生命力が漲っているではないか。男にも女にも「炎」と名づけろと言うのだから、作者もまた普通の人ではない。

「直彦」とは、吉崎直彦という人物である。吉崎は明治四十二年（一九〇九）九月、八代市の海士江《あまがえ》に生まれている。東京の青山学院高等部を中退した後、水俣へ流れて来て、中心部の仲町通りにあった映画館「太陽館」で活動弁士をしていた。なかなか語りが上手で、人気があったそうである。やがてその太陽館の娘と結婚する。つまりは水俣に根づいたわけだ。昭和三十七年（一九六二）

三月に五十二歳で亡くなっている。毛錢は大正四年（一九一五）の生まれだから、吉崎より六歳も年下である。そのくせ「直彦が今日も来た」などと、口の利き方が横柄ではないか。しかし二人は、昭和十年に知り合って以来、気が合って無二の親友となった。やがては吉崎は病臥の日々を送る毛錢を助け、淵上家の一切を取り仕切ってやったという。

毛錢は昭和十八年一月に初めての詩集『誕生』を本名（淵上喬）で刊行する。詩人・加藤介春、梶浦正之、山之口貘が序文・序詩を、さらに作家・原田種夫が跋文を寄せている。この詩「誕生」は、表題作というだけでなく詩集の巻頭に載せられているから、やはりそこには吉崎との絆《きずな》の強さ・深さを意識する気持ちが表れているのではないだろうか。そして、『誕生』刊行の二ヶ月後に吉崎の三女が生まれ、毛錢の提案通り「炎」と名づけられている。

「背中」の象徴するものは

放浪の俳人・種田山頭火に「うしろすがたのしぐれてゆくか」という句がある。昭和六年の大晦日に詠んでおり、日記には「自嘲」と前書きした上で句が記されている。誰にとっても後ろ姿はおいそれとは見ることができないが、放浪の俳人はあえて背中も何も含めたそれを頭の中に思い描き、「しぐれてゆくか」と、実に哀しく自己批評を下している。当時、山頭火は四十九歳であった。人間、若い内は気持ちはひたすら前へ、未来へと向かっているから、自身の後ろ姿を気にしたりはしない。歳を重ね、挫折や屈託を味わい、老いを自覚したりしながら、ようやく意識するようになってくる。山頭火の句は、そのような、人が歳をとっていく際の自然の成り行きの中から湧いて出たと言って良いだろう。
さて、片や渕上毛錢にも自身の後ろ姿を意識した「背中」という題の詩がある。

人間は
あつと言ふ間に
過去をつくつてしまふやうに
出来てゐる

お丶懐しい背中よと
世間には一切お構ひなしで
背中が生きてゐる限り
過去も間違ひなく
安心してついてくる

ついて来て呉れるので
人間も安心なんだ
やはり人間いつも達者で
背中のことなど

忘れてゐたい

いつも
すぐそこにある背中だが
おいそれと見ることのできない
さびしさよ

この詩は昭和十八年（一九四三）一月刊行の詩集『誕生』に載っており、作品成立はその前年あたりであろうか。だとするなら、毛錢は二十七歳だったことになる。背中を意識するにはまだまだ早すぎるのではないかと言いたいが、でも人間が「あつと言ふ間に／過去をつくつてしまふ」ということも、背中がちゃんとありさえするなら過去も「間違ひなく／安心してついてくる」ことも、それぞれ実感だったのだろう。背中は、いや背中に代表される「後ろ姿」というものは、人それぞれがどう人生を過ごしてきたかを無言ながら濃厚に映し出す。ただ、毛錢は山頭火みたいに自嘲したりせず、過去をつき従えていてくれる自分の背中に対して親和感を隠さない。

最後の四行は、少し気になる。背中のことなど忘れていたい、というなら、常々忘れられぬ状態があるのではなかろうか。実際には、おそらく、結核性股関節炎を患って寝たきりの日々を送っているのだから、背中はいつも寝床に接していることになる。病床の詩人は背中の痛みや痒さやらから逃れられない状態にあったので、「忘れてゐたい」と洩らしたくなるのだったか。しかし、詩人はそのような生の事実をそのまま語ったりはしていない。背中は、「過去」をつき従えているのである。忘れてしまいたいにもかかわらず、自らの背中から離れない「過去」。では、それは、どんな性質のものなのか。しかし、すぐそこにあるのに、「おいそれと見ることのできない」のが背中というものなのである。自分の生きてきたプロセスを捉え直そうとしても、自己相対化という作業はなかなかに難しいものだが、その難しさを象徴する喩《たとえ》として背中は用いられていると思われる。

そのような自己相対化の難しさを「さびしさよ」、ポツリと述べて詩を締めくくる毛錢は、やはり二十歳代後半にしては老成している感じが否めない。病気と闘ううちにそうなっていったのだろうか。それとも、詩人の身にもともと備わっていた健康な軽みがチラリと顔を覗かせているだけなのかも知れない。毛錢は、簡単には正体をさらけ出さない。

俳句と毛錢

行き逢うて手籠の底の土筆かな
石蕗《つわ》くへば同じ匂ひの女かな
夢の垢つもりしままに桃の春
　妻の初産　祈弩子と命名す
ふるさとの春はめぐりて一人の子
蝸牛《ででむし》の登りつめたる小枝かな
梅干すや情欲的なにほひする

秋の夜や泣くこと多きわれも虫
北風や頬骨たかき旅役者
ふるさとの雪を語りし娼婦かな
青蜜柑遁がるる蛇の片眼《まなこ》
かかる世を充血に悩む椿かな
ひとすじを地球に残す田螺《たにし》かな
しぐるるや子に割る卵ひとつづつ
菊あればなにをかなしむ独り居も

毛錢は昭和十年に病いに倒れ、それまでの無頼・放浪の生活から一転して故郷水俣で闘病生活を送らざるを得なくなる。そんな折り、主治医の徳永正は俳句を作ってみるよう勧めたそうである。毛錢は詩作と平行して句作にも励むようになる。戦後になって詩の仲間たちから、俳句よりも詩をもっと書け、と批判されたことさえある。でも、当人は「バカたんどもが。俳句も詩である」と反論し、平然としていた。

詩作に劣らぬほど熱心だっただけあって、毛錢の俳句はなかなかのものだ。「行き逢うて手籠の底の土筆かな」「ふるさとの春はめぐりて一人の子」「ふるさとの雪を語りし娼婦かな」「ひとすじを地球に残す田螺かな」「菊あればなにをかなしむ独り居も」など、秀逸ではなかろうか。ただ、毛錢には正岡子規の「鶏頭の十四五本もありぬべし」といったような、対象を徹底的に見つめた上で成立する写生句は意外と少ない。むしろ実景から得た感慨・感興をもう一捻りして詠むから、「夢の垢…」「菊あれば…」などの情緒豊かな佳吟も得ることができたのである。

俳人としての淵上毛錢はどんな俳風をお手本としたのか、あるいは誰か優れた俳人から影響を受けたか、どうか。どうも、とりたててそんなものは毛錢にはなかったかに思われる。むろん、「北風や頬骨たかき旅役者」なんかには切れ字の効果を知った上での作句が行われているし、「蝸牛《ででむし》の登りつめたる小枝かな」に見られるのは俳諧的「軽み」というか、飄逸味というか、そのような趣きを意識した詠みっぷりである。俳句とはどんなものなのか、そのイロハのレベルについてはもともとある程度知っていたろう。ただ、格別のお手本を持たないから、俳句らしくないものもできてしまっていた。「石蕗食へば…」「梅干すや…」「青蜜柑…」「かかる世を…」、こういった句で言い表そうとされている興趣は、どれも五・七・五定型の枠に嵌まるには過剰なものばかりなので、少しガス抜きをしないと俳句らしく着地することはできないだろう。つまりは、詩で扱うべき題材であり、情感だろう。だが、それにしても毛錢は俳句形式を愛好した。それは、多分、短い詩型であるからだろう。詩作品の方も、長いものより短くまとめた作品の方に冴えが見られる。毛錢は言葉を削って、切りつめて、表現の一番もとのとこ

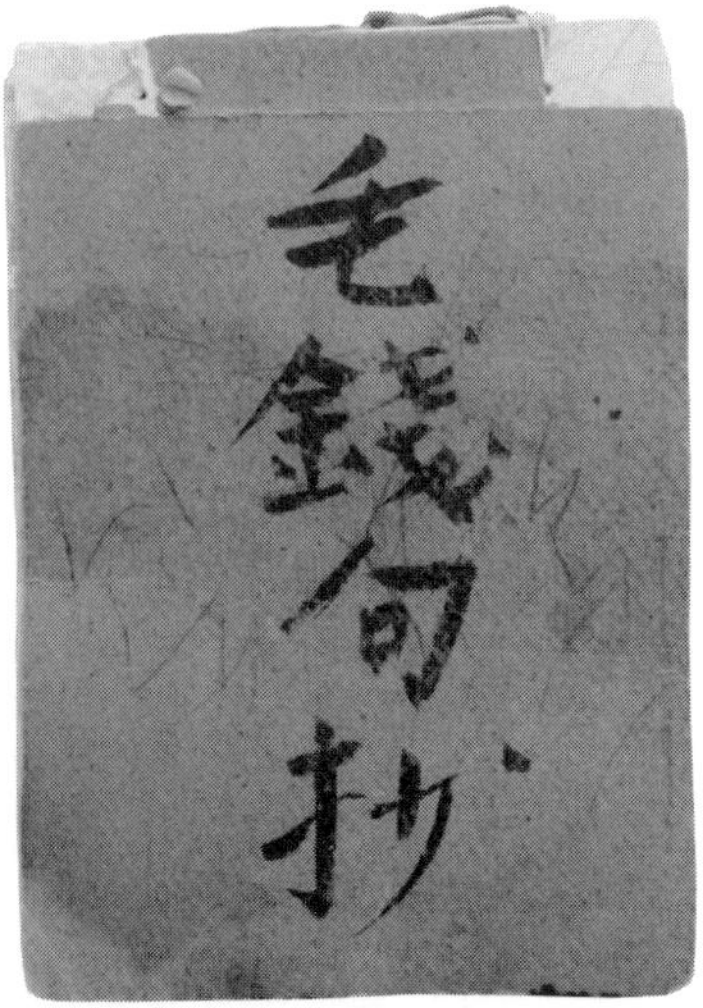

「毛錢句抄」（水俣市立図書館蔵）

ろ、余分のものを排した結晶部分を掴み出したいとする欲求がとても強い人だった、と思いたい。ただ、詩を書くときと比べて、俳句をひねる際にはいくぶんか遊び心を前に出して寛いでいたかも知れない。

「再生」と「幼時四季」

「再生」という詩がある。心を空っぽにして、そう、虚心にこれを読んでみよう。

野菊があたりまへに咲いてゐる
原つぱだが牛もゐない
寝ころんでみる
風が少しあるので
野菊がふるへてゐる
背中が冷めたい
どくどくと地球の脈がする
嘘のないお陽さまが
僕を溶かしてしまひさうだ
なにもかもが僕の心をきいてゐる
野菊は咲いてゐるし

ここにこのまま埋まつてしまひ
来年の野菊には
僕がひいらいたひらいた

太陽が照り、風は少し吹いている程度だから天気はいい。だからとて、とりたてて特徴のある景色ではない。野菊は「あたりまへに咲いてゐる」だけ、原っぱには「牛もゐない」のである。人の気をそそるものはないわけで、だけどもそのような平凡な景色・景物にちゃんと目が注がれ、詩情が吹き込まれる。原っぱに寝転んで背中いっぱいに地球の脈を感じる、日射しのよろしさに身も心も溶けてしまいそうだという、この満足度の高さ。満足し、「なにもかもが僕の心をきいてゐる」と感じることができるから、最後の二行が輝きを放つ。毛錢には、こんなふうな、大自然との交歓をうたった作品が結構な数で存在する。

わたしなどは、かねてはこのタイプのものには好意的でなかった。特に「ぶらんこ」という詩なんか、「ぶらんこに／乗つて／仰向けに／ゆられてゐると／オルガンを／聞いてゐるやうだ／明日も／オルガンに／乗つて／あの／雲に逢はふ」、この素直さが不思議で仕方がなかった。まるで、少年が作文を綴っているようなものじゃないか。そういえば毛錢は幼少のころ悪ガキで、喧嘩はするしいたずら好きであったそうだ。青年となり、東京に出て行っても元気の良さは収まらず、無頼の生活を続けた。そのようなはみ出し者のイメージと大自然をうたった作品とは、ギャップがあるのではないか、と、そんなふうに思っていた。しかし、今は違う。「悪ガキ」の体質について、ちょっとだけ視点を変えればいいのではなかろうか。例えば、「幼時四季」という詩からは、悪ガキがどのような小宇宙を生きていたか、一端を垣間見ることができる。

もめん絣の丈夫な羽織の裏に
袋《おとし》をつけてもらひ、
ごむじゆうに小石。
猿飛戈《ママ》助や地雷也の描いてある打《う》ちよ起《こ》しを入れてゐた。
蜜柑山の爺は、
いつも手に黒い膏薬を貼つてゐた

「幼児四季」の最終部分だが、一読して「やあ、自分だって小さい頃こんなにして遊んでいたゾ」と声を挙げる人は多いはずである。毛錢すなわち淵上喬少年は、一度学校から帰ってきても、すぐにまた外へ遊びに出て、夕暮れになっても戻らない。暗くなってようやく帰り着く、といったふうな日々を過ごしていたという。野や山や川に抱かれて育った少年であった。淵上家はもと士族で、それ相応に資産にも恵まれていたらしいから、厳格な躾《しつけ》とか家訓に従わざるを得ぬ家庭だったように想像したくなる。事実そのような躾も家訓もあったのだろうが、喬少年にとってそれより大自然の下で得たエネルギーの方がはるかに大きかったと思われる。

淵上毛錢の一連の大自然を相手にした作品群を、今では、自然児の全身から湧き出たポエジーと捉えたい。自然児は人間に対してはいたずらしたり喧嘩を仕掛けたりするだろうが、大自然とは仲が良いのである。野や山や川にいて退屈するということを知らぬ。それこそ自然と体が動き、心が弾んでくる。「来年の野菊には／僕がひいらいたひらいた」、このようにして「再生」という夢想も自然に軽やかに発想されたのではないだろうか。

「縁談」の中の小宇宙

梅雨の時季、湿った夜が来て、やがて木綿糸のような雨も降る。毛錢の「縁談」にはそのような夜が設定されている。

蛙がわづかに
六月の小径に
足あとを残し

夜が来て
芋の根つこに
蛙が枕したとき

村の

義理と人情が
提灯をとぼして

それもさうだが万事おれにまかせて
嫁に貰ふことにして
そんな話が歩いてゐた

湿つた夜に
ふんわりと縁談《はなし》はまとまり
漬物を噛み煙管は鳴つた

蛙は
その頃　もめん糸の
雨にうたれてゐた

一つの縁談が成立するには、間に立ってうまく話をまとめる役回りの、いうなれば世話役が必要とされる。そんな役割の人たちのことが「義理と人情」と表現されている。風土の中に染みついた習俗に対して一定の理解を示し、生み出した暗喩が「義理と人情」であったことになる。「ふんわりと」というからには、縁談のまとまり具合は上々の出来栄えだったのだ。「漬物を噛み煙管は鳴つた」、義理さんも人情殿も満足し、寛いでいる。おっと、酒や焼酎の匂いが漂わないけれど、寂しくないかい。……しかし、細かなところまでは話が煮詰まったわけでないのだったら、盃を交わすにはまだ早いのかも知れない。

それはそれとして、義理さんや人情殿と、野辺にあって芋の根っこを枕にして寝ている蛙との間には、何か関係があるだろうか。あるはずがない。では、なぜ蛙はそこに書き込んであるのだろうか。そこがこの詩の勘どころと言えるわけで、梅雨季の同じ村の中、蛙は静かに蛙の夜を過ごしており、人間どもは人間どもで人間ペースのやりとりを行っている。互いの関係はないものの、逆に言うなら、だからこそ邪魔しあうこともなく平穏無事に村の中にそれぞれの時間が流れてゆく。平凡な田舎の風景が実は得難い小宇宙であることを、詩人はサラリと物語ってみせたのである。

淵上毛錢は若いころ東京でどうしようもない不定職生活を過ごしたから、一つところに落ち着けぬ放浪気質の持ち主との印象がつきまとう。水俣弁で言えば「高ざれき」である。確かに、結核性股関節炎を患いさえしなければ引き続き風の吹くまま気の向くままといった生活を続けていたかも知れない。しかし、詩人としての営為を辿ると、不思議にそのような傾向の作品には出会えず、むしろこの「縁談」に見られるように土地に根差して発想されたものが多い。毛錢は土着的なものを詩の題材とする時にこそ水を得た魚のように活《い》きいきと澄んだ抒情を湧出することができた、と見なしたい。

さらに言っておけば、この詩は昭和十八年の「九州文学」四月号に発表されている。一月に淵上喬（本名）の名で初めての詩集『誕生』を出しており、毛錢にとって病臥中とはいいながら詩人としての本格的な活動に入った年であった。しかし、原田種夫編『記録九州文学』によると、この年「九州文学」の同人数は百四人だが、うち十四人が出征中であった。誌面には島田磬也歌謡詩集『すめらみいくさの譜』、劉寒吉『敵国降伏』といった書籍の広告が載っていた。世の中、完全に戦時下にあったのである。そのような時、熊本県の南の一隅で「縁談」のような土着的でハイカラで落ち着いた作品が静かに書かれていたかと思うと、また違った感慨を抱いて読み直したくなる。

「とほせんぼ」の度胸の良さ

ここん橋ば　通つときや
俺云うて通れ
そつでなからんば
通らせん　通らせん
そげん　云わんちよかろうがない
ネツケば　かますで　通らせろ
ネツケじや　嫌ちや
好かんとかい
フン　おかしゆうして　のさん
主　ことわらんち　どげんあろん

主が　通らせんち
なんたろん　なんたろん　ま
こげん　橋しや
スッケンギヨーで　きやー渡れ
スッケンギヨーで　きやー渡れ

「とほせんぼ」という題のこの詩、見ての通り水俣の土地ことばで書かれている。毛錢には他にも「百姓もまた」「重太んどん」「冬の子守唄——老婆のうたふ」「蟹しやん」「河童」「なんとなんとなんしよ」など、方言詩がある。それら方言詩には滝本泰三などの音楽家によって曲が付けられ、合唱コンクールなどで親しみ深く歌い継がれている。

橋を挟んで、一方の子が「ここん橋ば　通つときや／俺云うて通れ／そつでなからんば／通らせん　通らせん」と言い渡し、もう一方の側の子は「そげん　云わんちよかろうがない／ネッケばかますで　通らせろ」と持ちかける。「ネッケ」（ニッケ。肉桂）なんて久しぶりだなあ、あの肉桂の木の根を掘って、囓ってた。小さく束ねたのが駄菓子屋にも売ってあった。嚙むと、ちょっぴりヒリヒリして、やや甘みがあって、いつまでも囓っていたもんだ……と、遠い幼少年時代を思い起こす大人は多いだろう。結局、「ネッケ」を材料にした子供たちの取引は成立せず、「こげん　橋しや／スッケンギヨーで　きやー渡れ／スッケンギヨーで　きやー渡れ」、話を持ちかけた子が開き直って詩も終わる。

だから「とほせんぼ」には格別難しいことなど盛り込まれていない。ただ、活きいきとした、のどかな気分が満ちあふれている。毛錢自身の体験がもとになっていると考えられるが、だからとて作者の内面を反映するような修辞はとりたてて見られない。多分、作者の毛錢自身がこれに曲が付されることを意識していたのだったろう。その場合、主体は曲の方で、詩はそれを盛り上げる役割と言って良い。「詩」と称するよりも「詞」である。

「金魚」のような分かるようで分かりにくい暗喩をあやつった詩や、「再生」のように大自然と自身との融和を示してみせる作品を書くとき、毛錢はモダンな知性と感性とを有した紛れもない近代的詩人であった。しかしこのように音曲に和して土地言葉を紡ぐとき、多分、詩人としての顔つきをずいぶんと緩めていたのではないだろうか。淵上毛錢の詩的世界はそのくらいの深みや広さを持っていたのだと、ここで改めて知らされる。いったいに方言を駆使して詩を書くというのは困難が多いので、全国的に見ても完成度の高い作品は見つけにくい。北国・青森県の高木恭造の津軽弁詩集『まるめろ』ぐらいしか、今、頭に浮かばない。でも、もし毛錢が長生きしてこの手の作品をもっと書いていたなら、おもしろいことになっていたかも、などとつい夢想してみたくなる。それにしても、最後の「こげん　橋しや／スツケンギヨーで　きやー渡れ／スツケンギヨーで　きやー渡れ」は、何度も口にしたくなりはしないか。多少の不便はあろうとも、構うもんか、行っちまえ、渡っちゃえ。この度胸の良さはいかにも毛錢の生き方に似合っている、と思う。

「鰯」——海の葉っぱへの声掛け

毛錢の詩世界は深くて広いと思うが、考えてみると作品に登場するのは意外にも小動物や植物など、ささやかなものが多い。雀、蛙、蟹、鮎、蝉、蛍、あるいは大根、水仙、椿、野菊、菜の花、等々。人間が出てくる場合も馬車屋の親爺、人力車夫、親友、国籍不明の子を産んだ女性など、そこいらにいる庶民である。毛錢は、大きいものより小さなもの、偉そうな人間よりも普通の人を好んで詩の中に取り込んだのだと言える。でも、それで淵上毛錢の詩人としての特徴を言い当てたことには、多分、ならない。昔から、小さなささやかな存在への愛や好みをうたった文芸家はいくらでもいたからである。要は、「お主は／海の葉つぱだらう」、こういう突っこみができるかどうか、であろう。

言ひぶんも
あるに違ひないが
お主は
海の葉つぱだらう
海の恰好も　それで

ついてるやうなもんだ
よいか
俺の前の落葉一匹
眼をあけたま丶
死ぬなんて
解つた　俺が海には
云ふておくぞ

「鰯」と題された詩である。読む者は、鰯を「海の葉つぱ」だなどと見なしたことなんかないから、不意を衝かれた感じになる。でも、しばらくして、なるほど葉っぱと鰯は互いに姿が似ているなあ。それに、海の中で大量に生まれ、健気《けなげ》に泳ぎ、大きな魚たちからは食べられてしまう鰯って、考えてみれば葉っぱみたいなはかない存在なんだなあ、と思うようになる。さらに、「海の恰好も　それで／ついてるやうなもんだ」、詩人は確かに何事かを言い当ててくれている。世の中には表に出て目立つものもいるし、裏の方でそれを支えるものもいる。強いものもいれば、弱いのもいる。裏方や弱者がいるからこそ目立つものも強いものも存在することができるのだ。たとえはかない定めの生き物であろうとも、鰯みたいなものたちがいなくては大きな海全体も成り立たない。「よいか／俺の前の落葉一匹」と詩人は声を掛ける。さっき「葉つぱ」だったのに、今度は「落葉」である。つまりは、鰯は死んだ姿を目の前にさらしている。しかも、目を明けたまま…。「解つた俺が海には／云ふておくぞ」、鰯の悲哀を汲み取って海に伝えてやろうと言うのである。小さな存在を題材として扱いながら、実は作者の目配りは世界の森羅万象を眺め渡している。これが毛錢の詩世界の並でないところであろう。

こんなふうな知性と感性との両方が湛えられた詩世界を、毛錢はいつ頃から、どのようにして手に入れたのだろうか。初めて詩を発表したのが昭和十四年、二十四歳であった。「九州文学」六月号に「金魚」が載るのだが、それを読むと暗喩を用いたり象徴化をうまく行なったりして、すでに毛錢の詩の方法は確立していたと見ていいようである。ボードレールなどの西洋の象徴派や、それから日本の詩人の作品にも結構目を通していたようだから、影響を受けぬまでも少しは詩的栄養を摂取しているのではないだろうか。

この「鰯」は、毛錢没後の昭和二十七年になって初めて活字となっているが、実際に書いたのは昭和二十二、三年頃と思われる。翌々年の三月には亡くなるのだから、すでに病状は充分に詩人を蝕んでいたろう。はかなく目を明けたまま死んでいく鰯への呼びかけは、他ならぬ自分自身への言い聞かせでもあったか知れない。

「柱時計」──覚悟し得た者の詩

一昔前、「日本の詩歌」というアンソロジーが中央公論社から刊行されたことがあるが、その第二十六巻『近代詩集』の中には淵上毛錢の作品も「柱時計」他、五篇が収められている。ところが、「柱時計」が次の通りになっている。

ぼくが
死んでからでも
十二時がきたら　十三
鳴るのかい
苦労するなあ
まあいいや
しつかり鳴つて
おくれ

おまけに、ご丁寧に詩人・伊藤信吉による「作者は自分の死後のことを思っているのだが、そのとき鳴る十三は、死後の淵上毛錢のために鳴るのだろうか。死後の淵上毛錢だけが聴くのだろうか。作者はこの詩を作ったとき、十二鳴る生の世界から、すでにはみ出た自分を意識していたのである」との解説までついている。穿《うが》った見方がなされていて面白いものの、正しくは「十二時がきたら　十二」でなくてはならない。残念ながら「十三」は明らかに誤植なのであった。

人が死のうが生まれようが、十二時が来たら柱時計は十二回鳴るのである。そこには何のためらいもない。柱時計に限らぬわけで、天体も、地球上の大自然も、人の生き死ににかかわりなくいつもの営みをくり返す。せいぜい近親者だけが本人の死後しばらくの間は喪に服するが、それとて時が経てばまたかねてからの日常のリズムの方へ戻って行く。人間一人がこの世から姿を消すというのは、その程度のことと言える。作者はカラリとしたもので、「苦労するなあ」と逆に時計をねぎらい、「まあいいや／しつかり鳴つて／おくれ」、励ますのである。この詩は亡くなる三年前に刊行した『淵上毛錢詩集』に見られるので、作品が書かれたのは当然それ以前ということになる。毛錢はかなり早い時期に自分の寿命について思いを深め、生死を達観し得ていたのだろうか。あるいはまだ死神の近寄る気配は感じておらず、のんびりしていたから、こんな詩も戯れに綴ってみたのだったか。なんにしても、柱時計に語りかける「ぼく」は、「十二鳴る生の世界から、すでにはみ出た自分」、そう言われれば、そうであろう。生の世界からすでにはみ出ている。

実際の日常は、ベッドに縛りつけられたまま激痛に悶え、苦しむ。身の回りのことはすべて付き添いの人の手を借りなくてはならなかったというから、毛錢の中に寛ぎの気分が湧くことなどはあまりなかったろうと思われる。「或ル国」という詩を見ると、

悲シイコト辛イコトヲ
堆ミ積ネテ
山ヨリモ高ク

心ヲナセバ
風ノ音モ
鳥ノ鳴ク声モ
マアナントヨクワカルコトヨ

これが病床詩人の生まの声であったろう。眼前のあらゆるものがいやに鮮明に輪郭を現わす。見え過ぎる目が備わり、隅々まで見てしまうのである。生命の消滅の間近さを実感した者にしか分からない感覚である。色という色がたいへん鮮やかになり、まばゆくなる。耳は耳で音がよーく聴こえるし、聴こえすぎて心に響き渡り、胸が詰まってたまらなくなる。つまり、病人は全身全霊でこの世を感じ取り、精一杯懐かしむのである。実は、自分がそうなったことがある。かつて、医者から癌の告知を受けた時、ショックで、これは覚悟する必要があるのだな、と観念した。しばらくしてから、視力と聴力の冴えが猛烈に襲ってきた。自分でも妖しいほどにくっきりと鮮やかにものがよく見

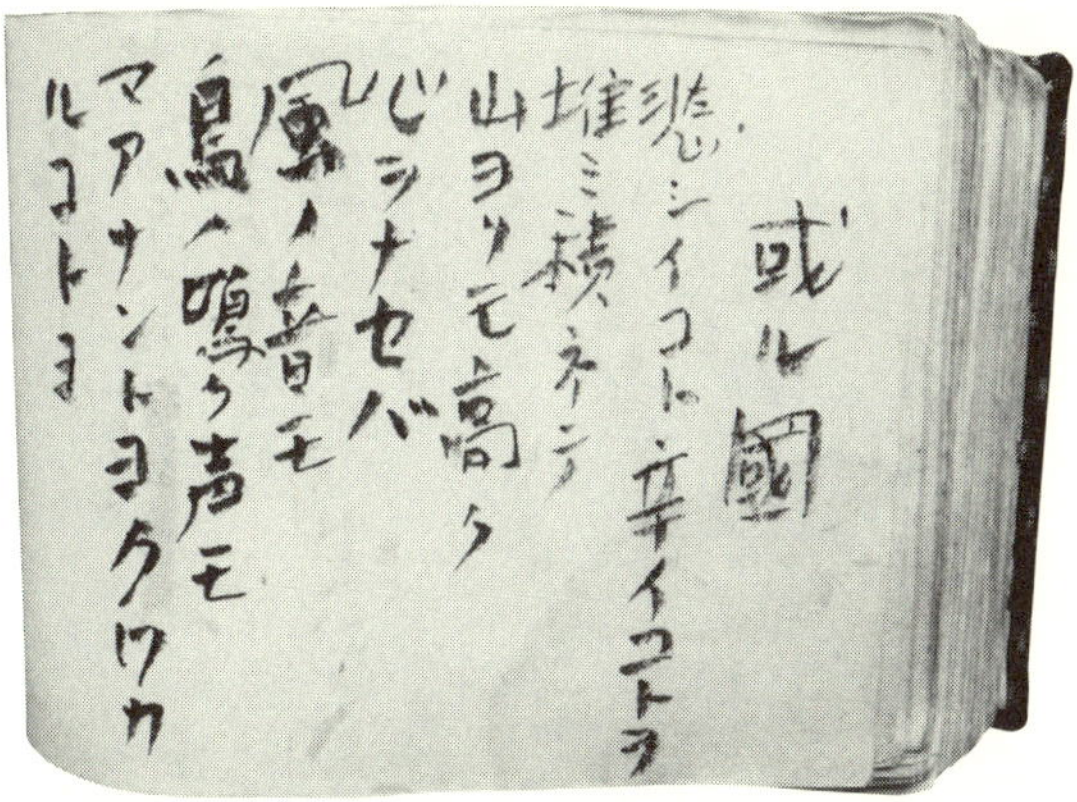

「或ル国」（毛錢詩稿帖）

え、周囲のどんな小さな音でもはっきり聴こえてしかたがなかった。手術や療養の甲斐あって回復した後、毛銭のこの「或ル国」に出会ったが、あ、癌を告知されたあの時の自分の状態が代弁されている、と思った。以来、この詩は毛銭の作品中、個人的には最も親しいものとなった。そうした経験から見た場合、「柱時計」の「ぼくが／死んでからでも／十二時がきたら　十二／鳴るのかい／苦労するなあ／まあいいや／しつかり鳴つて／おくれ」、これは「或ル国」の状態を通り過ぎて、死を前にすでに度胸が据わった段階で書いたもののように思える。

じつは
大きな声では云へないが
過去の長さと
未来の長さとは
同じなんだ
死んでごらん
よくわかる。

毛銭が作品の中で死への生まの意識をさらしたのは、多分「或ル国」を書いたときだけであった。例えば、右に引いたのは「死算」と題された詩。「柱時計」で「まあいいや／しつかり鳴つて／おくれ」とうそぶいたのと同様、この「死算」では「死んでごらん／よくわかる」、まだ生きているというのに、こんなことを囁いてみせる。まさしくカラリと「生の世界から、すでにはみ出」ている。肝の据わった男ならではの一言、一言である。

毛錢の病状は次第に進み、昭和二十五年三月九日の朝、息を引き取る。死の直前に「貸し借りの片道さへも十万億土」という句を詠んだが、「柱時計」や「死算」とこの辞世句とは明らかに同じ死生観で繋がっている。三十五歳の毛錢、死を目の前にしてこのようなスケールの大きい一句を遺したのであった。

淵上毛錢年譜（年齢は満年齢）

大正四年（一九一五）

一月十三日、熊本県葦北郡水俣町大字陣内《じんない》（後に「陣内」と改まる。現在の水俣市陣内）二九四二番地に生まれる。父淵上清（明治九年四月二日生まれ。当時、三十八歳。大正九年、吉清《よしきよ》と改名）・母夕子《たね》（明治十年五月五日、八代に生まれる。八代松井家の侍医、松尾純齊の二女。当時、三十七歳）の次男として生まれ、喬《たかし》と命名される。六人兄弟の四番目で、同胞は長女の代美《よみ》（明治四十一年一月二日生まれ）、長兄の潮《うしお》（明治四十三年三月二十五日生まれ）、次女の千《ち》寿《す》（大正元年十月二十九日生まれ）、三女の千美《ちみ》（大正六年四月十六日生まれ）、三男の庚《かのえ》（大正九年十月七日生まれ）。喬は早熟で、元気者。悪童の名が高かった。淵上家は士族、屋号は新屋《あたらしや》。

大正八年（一九一九）・四歳

姉の千寿が四月に水俣尋常高等小学校に入学したが、病気で二年停学。六年生では喬と同教室となる。

大正九年（一九二〇）・五歳

四月、祖父吉敏死去、享年七十八歳。

大正十年（一九二一）・六歳

一月八日、父吉清死去、享年四十四歳。四月、水俣町立水俣尋常高等小学校に入学。ハーモニカが得意だった。同月、姉の代美、渡満して旅順高女二年に転校。

大正十二年（一九二三）・八歳

三月、一時帰郷していた母方の伯母成田ヨシ・姉代美とともに満州に渡り、小学三年の一年間を旅順で過ごす。当時、ヨシの夫定《さだむ》は官吏。諜報要員でもあった。妻のヨシは旅順大学病院の看護婦長。

大正十三年（一九二四）・九歳

三月十九日、成田定が五十五歳で死去。喬はヨシとともに帰郷。姉代美は女学校卒業を目前にして先生の家に下宿。卒業後、帰郷。

大正十四年（一九二五）・十歳

七月十七日、妹の千美（小学二年生）が小児結核により死去。享年八歳。

昭和二年（一九二七）・十二歳

この年、尋常高等小学校六年生だったが、病気をしたため学年をダブり、準備組に残る。

昭和三年（一九二八）・十三歳

四月九日、熊本市の私立九州学院に入学。一年一組。寄宿舎で、同じ水俣から出て来ていた深水吉衛《きちえ》（五年生）と一年間同室。音楽に親しみ、ハーモニカを吹き続ける。悪童ぶりはおさまらなかった。深水吉衛は後にオペラ歌手。俳優として映画等にも活躍した。

昭和四年（一九二九）・十四歳

東京の青山学院中学部へ転校。親族会議で決めて上京。成田ヨシと同居。当時、成田ヨシは細川家の女中頭で、細川邸内の六畳一間に住んでいた。喬はチェロに熱中し、学業は怠りがちの日々。

昭和五年（一九三〇）・十五歳

前年のうちにかこの年に入ってか、早稲田大学中学校の数学教師・小野八重三郎を知り、家庭教師になってもらい、影響を受ける。小野八重三郎・しげ夫妻の経営していた喫茶店ハンロー（本所区東両国緑町一丁目十四、日活館筋向）で、そこの常連だった詩人・山之口貘《やまのくちばく》を知る。喬はこの年か次の年にハンローの近く指物大工の家の二階に間借り生活をはじめる。賄いはハンローの従業員がしてくれた。

昭和六年（一九三一）

この頃、築地明石町の廻漕問屋二階（海軍軍楽隊の寄宿舎練習場の傍）に移る。その後京橋区船松町に移るが、時期は不明。青山学院は自然退学。

昭和七年（一九三二）・十七歳

春、上野の音楽学校の夜間部補修科に入学し、チェロを専攻。この頃から放埒《ほうらつ》がひどくなる。五月五日、長兄の潮が肺結核のため神戸の結核療養所にて死去、享年二十二歳。これにより、弟の庚が淵上家の家督相続人となる。この頃、母にアメリカ行きをねだって拒否されたため、チェロをたたき割って下宿で燃やす。更に母に財産代わりにフォード一台を買ってくれと頼んだが、これも受け容れられなかった。放埒な生活が続き、放浪の生活に入る。寄席《よせ》の下足番、新聞配達、波止場人夫、砂利運搬トラック助手、ダンスホールのバンド等しながら食いつなぐ。

昭和八年（一九三三）・十八歳

四月頃、実家へチェロ買い換えのための金二百円等を無心。夏の終わり頃から初秋へかけて、熊本医科大学付属病院（現在の熊本大学医学部付属病院）に入院。退院後、上京。

昭和十年（一九三五）・二十歳

春頃から胸部疾患のため熊本医科大学付属病院に三ヶ月入院したが、全快を待たず上京して再び放浪の生活。アジビラ貼りや人夫等の仕事をする。退院後、また上京。労働運動に加入したかと思うと砂利運搬トラックの助手をしたり、新聞配達なども経験する。八月、徴兵検査のため水俣へ帰る。映画館の弁士をしていた吉崎直彦を知り、以後、無二の親友となる。九月、酒を飲んだ帰り道、歩けない状態に陥り、従兄の岩橋正三《まさみ》に担いでもらって帰宅。結核性股関節炎と診断される。静かに寝て過ごしたが、痛みが和らぐと松葉杖をついて近所を歩き回った。十月、姉の千寿（山下陸奥主宰の短歌雑誌「一路」同人）からは短歌を詠むことを、また主治医の徳永正《まさし》（俳号・月草）からは俳句を作ることをすすめられる。徳永正は徳富蘇峰・蘆花とは従兄弟同士。

昭和十二年（一九三七）二十二歳

この夏、痛みがひどくなって徳永病院（大黒町）に二ヶ月ほど入院。九月、日本窒素株式会社水俣工場関係の酢酸瓶を作る「水俣工業所」に事務職員として入社。社長は従兄の深水吉毅（水俣町長）。十一月、病気が重くなり、退職。しばらく入院。

昭和十三年（一九三八）・二十三歳

夏、深水吉衛がビクター専属歌手となったので岩橋正三が肝煎り役となって親しい友人四名が水俣旭町の美寿《みす》屋という料理屋に集ってお祝い会。喬も家から歩いて出向き、酒も飲んだ。午前零時頃、岩橋正三と店の人にも付き添ってもらい、帰宅。しかし玄関前まで辿り着いたところで急に足が痛み出し、どうにもこうにも動けなくなった。以後、もっぱら家の中で寝たきりの状態となる。九月、福岡市で第二期「九州文学」

が創刊される。十一月四日、姉千寿死去。享年二十五歳。

昭和十四年（一九三九）・二十四歳

「九州文学」の原田種夫との文通始まり、六月、詩作品「金魚」を「九州文学」に発表。七月、「九州文学」に原田種夫が「淵上喬君のこと」を発表。八月、「九州文学」に「山之口貘いろ〳〵」を発表。十一月、「九州文学」に「新世界より」を発表。

この年の初夏の頃、友人たちと共に同人誌「波紋《うねり》」発刊を語り合う。ガリ版刷りで何号か発行したようだが、詳細は不明。

昭和十五年（一九四〇）・二十五歳

二月、「九州文学」に「花乞食」を発表。四月、「九州文学」に「てふてふさん」と「母病む」を発表。六月六日、母夕子、六十三歳で死去。母の看護のためこの年来ていた看護婦・田中房枝は、そのまま喬の世話もすることとなり、一家はお手伝いを合わせた三人で暮らすようになる。この年の十二月十五日、弟の庚が兵隊として入営。台湾の澎湖島勤務。

昭和十六年（一九四一）・二十六歳

三月、熊本の荒木精之主宰「日本談義」に入会。九月、「日本談義」に菊盛兵衛名で「ろうまん」を発表。十月、「日本談義」に菊盛兵衛名で「冬がくる」を発表。十一月、「日本談義」に菊盛兵衛名で「大根抒情」を発表。

この年、東京の小野八重三郎・しげ夫婦との文通再開。

昭和十七年（一九四二）・二十七歳

本名の淵上喬に戻って作品を発表していく。三月、「日本談義」に「明日」を発表。「九州文学」に「百姓もまた」を発表。四月、「日本談義」に「麦笛一刻」を発表。五月、「日本談義」に「白き粥」を発表（後に「お粥」と改題して『誕生』に収録）。六月、「日本談義」に「微笑の精神」を発表（『誕生』には「断想」と改題して収録）。国民詩人協会発行の『戦時日本詩集』に「百姓もまた」「明日」が収録された。八月、「九州文学」に「家系」を発表。十一月、「詩文学研究」十三輯に「百姓もまた」を発表。

この年、観音経の写経を始める。また、この年の終わり頃、詩集『誕生』をまとめる作業を行なう。

昭和十八年（一九四三）・二十八歳

一月、詩集『誕生』を詩文学研究会より刊行。限定版五百部。「日本談義」に「重太《じゅうた》んどん」を発表（『誕生』からの再録）。この詩を読んで、重太んどん（元山重太郎）大いに喜ぶ。「九州文学」に「冬の子守唄」を発表（『誕生』からの再録）。三月六日、喬の詩「誕生」に出てくる「炎」さんが誕生。「詩文学」十四輯に「家系」を発表（前年八月に「九州文学」に発表した作品。『誕生』にも収録済み）。四月、「日本談義」に「背中」を発表（『誕生』からの再録）。「九州文学」に「縁談」を発表。この頃、食欲増進と目を癒すためビタミン注射始まる。五月、「日本談義」に「馬車屋の親爺」を発表（『誕生』からの再録）。六月、雑誌「主婦之友」に看護婦の田中房枝が自分の名前で投稿した喬の俳句「行き逢うて手籠の底の土筆かな」が二等入選作として掲載される。賞金五円。「日本談義」に「探求」を発表。「九州文学」に「遠慮」を発表。月末、勝野ふじ子が遊びに来て、三泊四日。七月、「九州文学」に「お灸」を発表。八月、「日本談義」に「万死」を発表。「九州文学」に「蟹《がね》しやん」を発表。原田種夫が遊びに来る。その折り、勝野ふじ子も呼ぶ。九月、「詩文学研究」十五集に「縁談」「猫柳」を発表（「縁談」は同年の「九州文学」四月号からの再録）。十二月、「九州文学」に「きんぴら牛蒡の歌」を発表。

昭和十九年（一九四四）・二十九歳

一月、「九州文学」に「包夷抄」を発表。三月二十一日、鹿児島の勝野ふじ子が早逝。六月、「日本談義」に「大恩の夜」を発表。「九州文学」に勝野ふじ子への追悼文と詩「水仙さま」を発表。八月、「九州文学」に「焼茄子讃歌―暮景参面菜根賦―其弐」を発表。十月、「日本談義」に「秋思之賦」を発表。

この年、田中房枝に代わって看護に来た中村ミチヱと結ばれる。

昭和二十年（一九四五）・三十歳

一月、手製の詩画集『痩魂象嵌』（詩・淵上喬、画・多賀谷伊徳）が成る。「九州文学」に「人参微吟―暮景参面菜根賦―結」を発表。二月二十九日、牛島三郎の媒酌で中村ミチヱと結婚。牛島三郎に、お礼に『痩魂象嵌』を贈呈。同月、手製の詩画集『月夜撞木』

（詩・淵上喬、画・多賀谷伊徳）が成る。三月五日、長女・祈弩子《きぬこ》生まれる。子を得た喜びを「ふるさとの春はめぐりて一人の子」と詠む。同月十五日、牛島三郎の尽力でミチヱを入籍。その折り、牛島に『月夜擡木』を贈呈。この頃、自宅より少し山寄りに位置するわらび野に疎開。五月十四日の空襲で淵上家の者たちは十名ほどで防空壕に飛び込んだ途端、生き埋めになる。しかし、全員救助される。八月、自宅よりやや海寄りの牧ノ内（ミチヱの実家）に移る。同月十五日、終戦を迎える。九月、わらび野の疎開先へ再び移る。十一月、小野八重三郎から送られてきた「雄鶏通信」（雄鶏社）十一月号に「豹の花」（高橋輝雄）が載っており、木版画による挿絵に感動。後に『淵上毛錢詩集』を刊行する際に表紙・挿絵など一切の装幀をお願いしたことから無二の親友となる。この年の暮れ頃か、あるいは翌年の春にか、学校へ復職のための挨拶に行った古川嘉一が淵上毛錢宅を訪問。

この年の終戦以後、俳句を詠む際には「毛錢」と署名。

昭和二十一年（一九四六）・三十一歳

一月、「九州文学」に「無言歌」を発表。三月九日、源光寺にて水俣青年文化会議の発会式。福岡から原田種夫出席。その発会式の時、毛錢の「原始序章」と題した長い詩が深水吉衛によって朗読される。三月、八代青年文化連盟が雑誌「無門」を創刊。毛錢は同名の詩「無門」をその創刊号に発表。雑誌「無門」は三号（同年八月一日発行）から八代青年文化連盟と水俣青年文化会議との共同発行となる。三月、「九州文学」に「釣詩鉤」を発表。この頃、滝本泰三が水俣高女に赴任。四月十日、弟の庚が復員。五月、「九州文学」に「蝋燭」「年忌」を発表。八月、「無門」三号に「自己放棄」と編集後記を発表。九月、「九州文学」に「柿情三趣」を発表。「無門」四号に俳句五句発表。十月、長男聳《そびえ》生まれる。「斗鶏」第一冊に「崖」を発表。「無門」五号に俳句六句と編集後記を発表。十一月、「無門」六号に俳句七句を発表。十二月二十八日、わらび野の疎開先から陣内の自宅に帰る。同月、ハンロー時代の友人・本間六三が訪れる。以後、本間はなにかと毛錢の世話を焼いてくれた。

この年前半、未刊ノート「毛錢詩稿帖」成る。またこの年の終わり頃に、「無門」のメンバーたちから毛錢は俳句ばかり発表している、詩人なら詩を書けとの批判が出て、「バカタンどもが。俳句も詩である」云々と激しく反論。

昭和二十二年（一九四七）・三十二歳

一月、「九州詩人」二号に「寝姿」を発表（「痩魂象嵌」「毛錢詩稿帖」では「頸飾り」としていたのを改題・改稿）。この時に、俳句以外でも「毛錢」と名乗って発表。「無門」第七冊（終刊号）に「詩について」を、これも毛錢名で発表。毛錢にとって唯一の詩論。また同じ号に上田幸法が毛錢の書簡を無断で少し書き換えて、編集後記として掲載。毛錢というペンネームについての戯れ言が出てしまい、激怒する。二月、『詩と絵・I』（九州書房）に「流逝」が収録された。三月、『九州詩集』（燎原社）に「点火」が収録された。七月、『淵上毛錢詩集』を青黴誌社（所在地、自宅）より刊行。限定三百部。詩集の装画に高橋輝雄の版画を使用。十一月、深水吉衛とさとみ（火野葦平の妹）の婚礼披露宴が『淵上毛錢詩集』出版祝賀会を兼ねて毛錢宅で催された。この席には八代の詩人・古川嘉一も出席し、火野葦平、原田種夫、星野順一ら福岡組と酒の応酬。十二月、八代市の古川嘉一と二人で同人誌「始終」発刊。これにも高橋輝雄の版画を随所に使用。「始終」第一冊に「鮎」を発表。この頃から屋号を「始終亭」と称す。

昭和二十三年（一九四八）・三十三歳

一月、「諷刺文学」第六号に「詩二篇」と題して「木」「鰈」を発表。同月、山之口貘が見舞いに訪れ、十日間ほど滞在。二月、「詩学」に「復活」を発表。三月、「午前」に「饗宴」と総題して「うに」「露地」「この道」「饗宴」の四編を発表。「始終」第二冊に「禿山の帝王」を発表。同月、「諷刺文学」に「木」と題して「枝」「根」二編を発表。「鰈」も同誌に発表。五月、「歴程」第四号に「枝豆」を発表。六月、一瀬久雄歌集『花陰』（尚和会文芸部水俣歌話会）に「跋にかへて」と詞書して詩「方向」を寄稿。八月、次男・黙示《もくじ》生まれる。「始終」第三冊に「坂」を発表。九月、「詩学」に「蛍」を発表。十二月、「歴程」六号に「刻」を発表。

この年の初夏の頃、毛錢の詩集が八雲書店から出ることになり、書名も『ぶらんこ』と決まっていて、山之口貘がそのための序文も執筆。しかし企画は実現しなかった。

昭和二十四年（一九四九）・三十四歳

一月、病状が悪化したが一命をとりとめる。二月、東京から詩人・緒方昇が見舞いに訪れる。同月の二十二日、古川嘉一が肺結核により死去。三月、「始終」第四冊に「こほろぎ」を発表。「午前」に「流転夜叉」を発表。「知識人」に「女陰」「弱肉強食」「えびとたこ」を発表。八月、「詩学」七・八月合併号に「百足」を発表。「母性線」に「雷と泥鰌《どじょう》」を発表。四月、水俣町が水俣市となる。「始終」別冊（第五冊）発行。この号には作品を発表せず、代わりに「書牌集」と題して『淵上毛錢詩集』への各方面からの反響を掲載。「始終」はこの号で終刊。六月、「爐」一二八号に「発狂」を発表。十月二十六日、水俣郵便局前（大園町一の一）にお総菜洋食店「とんちん亭」を開業。本間六三の尽力による。

この年の前半か半ば頃、とんちん亭の開店以前に質屋を営もうとした形跡がある。

昭和二十五年（一九五〇）・三十五歳

一月、病状悪化。「詩学」に「零」を発表。この月の三十一日、深水吉衛に自らの死後のことをいろいろと喋る。三月、「黄金部落」創刊号に「合図」を発表。同月九日午前五時頃、「貸し借りの片道さへも十万億土」の辞世句を詠む。同午前八時十分、息を引き取る。十九日、水俣市公会堂で水俣市公民館・日本窒素株式会社尚和会文芸部・熊本日日新聞社の共催による文化葬が行われ、原田種夫が「毛錢芸術について」と題して追悼講演。友人・池尾寧が追悼詩「弔辞―故・淵上毛錢の霊に捧ぐ―」を読む。わらび野の丘に埋葬され、墓標には本人の遺志により「生きた　臥た　書いた」、墓碑銘「病床詩雷　淵上毛錢之墓」と記される。法名「十方院釈毛錢居士」。同月の十三日、東京の小野八重三郎が死去。享年五十七歳。

四月、「レジスタンス」に「国籍不明」が掲載される。同月十六日発行の「葦南新報」に「吉崎名緒彦」の名で吉崎直彦が「日本詩壇の寵児・淵上毛錢逝く」の記事を書く。吉崎は昭和三十二年八月発行の「肥薩公論」にも「飯野耕作」というペンネームで「淵上毛銭と私」を発表し、心情を吐露。また同月、「日本未来派」三十四号に原田種夫が「九州通信（2）」として「とんちん亭」を発表。五月、「爐」一三八号に深水吉衛「生きた、臥た、書いた　故淵上毛錢を語る」を発表。六月、「詩学」に毛錢遺稿として「室咲」「空砲」「もう題なんかいらない」「死算」「厭世経（絶筆）」が掲載される。岩佐東一郎の追悼詩「人間童話」、山之口貘の追悼文「淵上毛錢とぼく」も載る。七月、日本文芸家協会編『現代詩代表選集①』（小山書店）に「発狂」「媚薬」が収録される。

昭和二十六年（一九五一）

二月、「歴程」三十五号に草野心平「淵上毛錢追悼」を発表。三月、「詩雷」（日本窒素肥料尚和会文芸部）三輯に未発表遺稿として「権衛門の眼」「念射」「峠」が載る。同誌に深水吉衛「淵上毛錢の反逆精神」、山内龍「詩雷・淵上毛錢氏を憶う」、黒木安孝「素顔の毛錢」、古川敏行「昔日の故人を憶ふ」、淵上美智恵（ミチヱ）「喬さんのこと」も載る。「道程」第二十輯が淵上毛錢追悼号。毛錢の詩「ぶらんこ」「大根抒情」「縁談」「寝姿」「暮情」「不動」「もう題なんかいらない」「坂」「小庭春恨（未発表遺稿）」の他、俳句も掲載。深水吉衛・火野葦平等二十五名が追悼記発表。四月十一日、「熊本日日新聞」に深水吉衛「詩人『淵上毛錢追想』」を発表。

昭和二十七年（一九五二）

四月、フランスのパリ放送局が、身体障害者のための「夜の光」という特別番組で淵上毛錢の詩「背中」「馬とみみず」「寝姿」「暮情」「柱時計」を放送。フランス語訳・中村英彦、朗読はフランスの詩人ルイ・スメステル。五月、歴程同人編『現代詩集・歴程編』（角川文庫）に「権衛門の眼」他が収録される。六月、『水俣詩歌』（水俣詩歌会）一集に「鰯」が収録される。十二月、「葦火」（日本窒素肥料尚和会）六集に「発狂」再録。

昭和四十六年（一九七一）

この年、水俣市政功労者として表彰される。

あとがき

ようやく一冊まとめることができたなあ、と、今、胸に満ちてくるものがある。

六、七年前から毛錢の詩と生涯について詳しく辿りたいと強く思うようになった。いや、本当は平成十年、水俣市の萩嶺強氏・美保さん夫妻を中心に「淵上毛錢を顕彰する会」が立ち上げられ、わたしも関わるようになった、そして、毛錢の詩が広く知られるためには手軽に買い求めることのできる普及本が必要だとの趣旨で精選詩集『淵上毛錢詩集』(石風社)の編集に取りかかり、翌年五月に出版したが、あの頃にはすでにその意欲が芽生えていたかも知れない。五年ほど前だったか、若い頃からの親しい友人である高峰武氏が月刊俳句雑誌「阿蘇」に何か連載しないかと声をかけてくれた。それでいよいよ本格的に取り組もうと決心し、ある程度の準備が整って「チェロは鳴らずに詩が鳴った——淵上毛錢の世界」と題して連載を始めたのが平成二十四年六月号。以来、本年六月号までの三年間、長々と「阿蘇」に書かせてもらったのだった。本書の第一章から八章まではこの連載稿をもとに構成されている。それともう一つ、「熊本日日新聞」紙上で平成十一年四月五日から八月三十日へかけて十回連載した「毛錢の詩ごころ」も収めることにした。これは当時文化面の担当だった松下純一郎氏から勧められて書いたのだったが、今でも愛着がある。

これまで、文学者に関しては『山頭火を読む』『若山牧水への旅―ふるさとの鐘』というふうにそれぞれ著してきた。その他にも色々の書きものをしてきたが、今回はちょっと気持が違っていた。淵上毛錢の詩世界と生涯に、どうしてこんなに惹かれてしまうのか。とにかく、若い頃はさほど意識したことはなかったのに、歳をとってから毛錢流の感性や思考に対して魅力を感じるようになった。なぜなのだろう、と自問しつつ書き続けた。今後も関心が弱まることはないと思う。

そういえば、今年は毛錢生誕百周年であるが、十六年前に編んだ精選詩集は少しずつ売れつづけ、期せずしてこのほど新たに増補新装版として世に出直した。そしてこの本『生きた、臥た、書いた―淵上毛錢の詩と生涯』も今年中に刊行することができるので、区切り目の年にふさわしくなったわけである。本書は、まず真っ先に毛錢のお子さん方に献げたいと思う。

十六年前に石風社版『淵上毛錢詩集』を編んだときと同様、今度も渕上清園氏になにかと御教示いただいた。清園氏がおられなくてはこの本は書けなかった。それから、水俣市立図書館にかなりな回数で資料調べをさせてもらいに行ったが、その都度快く受け容れて便宜を図ってくださった。また大学時代の同級生で『淵上毛錢詩集』巻末の参考文献一覧を作成してくれた鈴木一正氏は、本来は明治時代の文学者である北村透谷や田岡嶺雲等を研究しているのだが、今度も、忙しい中、校正作業や資料探しを手伝ってくれた。「淵上毛錢を顕彰する会」の萩嶺氏夫妻、俳誌「阿蘇」の方たちや高峰武氏、熊本日日新聞社の松下純一郎氏、水俣の渕上清園氏、水俣市立図書館の方たち、手助けしてくれた鈴木一正氏、そして昨年上梓した『若山牧水への旅―ふるさとの鐘』に引き続いてこの本を出版してくれる弦書房の小野静男氏、他にもいちいちのお名前は省略させてもらうが、数多くの人たちにお世話になった。心から御礼申し上げます。

平成二十七年十月吉日

前山光則

引用文献一覧

火野葦平「詩経」（「群像」昭和三十年四月号）、単行本収録の際に「ある詩人の生涯」と改題
緒方昇・菊地康雄・犬童進一編『淵上毛錢全集』（昭和四十七年七月、国文社）
深水吉衛「せんだんの実」（「始終」第五冊、昭和二十四年四月）
深水吉衛「生きた、臥た、書いた　故淵上毛錢を語る」（「爐」一三八号、昭和二十五年五月、爐書房）
深水吉衛「詩人淵上毛錢追想」（「熊本日日新聞」昭和二十六年四月十一日）
深水吉衛「淵上毛錢の反逆精神」（「詩雷」第三輯、昭和二十六年三月、日本窒素肥料株式会社尚和会文芸部）
桜井春樹「毛錢と私」（「塔」四十六号、昭和四十四年十月）
深水吉衛「年譜」（「道程」第二十輯、淵上毛錢追悼号、昭和二十六年三月）
吉崎名緒彦（直彦）「日本詩壇の寵児・淵上毛錢逝く」（「葦南新報」第二十四号、昭和二十五年四月十六日）
芥川龍之介「小野八重三郎宛書簡」（『芥川龍之介全集』第十七巻、平成九年三月、岩波書店
芥川龍之介「原善一郎宛書簡」（『芥川龍之介全集』第十八巻、平成九年四月、岩波書店）
山之口貘『山之口貘詩集　現代詩文庫１０２９』（昭和六十三年四月、思潮社）
山之口貘「私の青年時代」（「社会人」昭和三十八年四月号）
茨木のり子『貘さんがゆく』（平成十一年四月、童話屋）
吉本隆明『戦後詩史論』（昭和五十三年九月、大和書房）
原田種夫「淵上喬君のこと」（「九州文学」昭和十四年七月号）
原田種夫編『記録九州文学（創作篇）』（昭和四十九年十二月、梓書院）
山村暮鳥「雲」（『日本の詩歌13』昭和四十四年七月、中央公論社）
水原秋桜子「俳句選評」（「主婦之友」昭和十八年六月号）
原田種夫「後記」（「九州文学」昭和十九年八月号）
熊本日日新聞社編『熊本昭和史年表』（昭和五十一年十一月、熊本日日新聞社）

無署名「小伝」(『現代日本詩人全集』第十四巻、昭和三十年五月、東京創元社)
黒木安孝「素顔の毛錢」(「詩雷」第三輯、昭和二十六年三月)
淵上美智恵「喬さんのこと」(「詩雷」第三輯、昭和二十六年三月)
津川公治『小川芋銭』(昭和五十四年六月、崙書房)
上田幸法「淵上毛錢の私宛の手紙(その一)」(「日本談義」昭和四十八年一月号)
上田幸法「淵上毛錢の私宛の手紙(その二)」(「日本談義」昭和四十八年二月号)
上田幸法「淵上毛錢の私宛の手紙(その四)」(「日本談義」昭和四十八年四月号)
渕上清園「古川嘉一年譜」(『古川嘉一詩集』平成十二年四月、石風社)
上田幸法「古川嘉一さん」(「斗鶏」第十三冊、古川嘉一追悼特輯、昭和二十四年六月)
滝本泰三「わたしを語る⑰」(「熊本日日新聞」平成十八年六月二十九日)
山之口貘「葦平さんとの縁」(「東京新聞」昭和三十五年三月十四日)
山之口貘「淵上毛錢とぼく」(「詩学」昭和二十五年六月号)
山之口貘「箱根と湯之児」(「温泉」昭和三十年十月号)
山内龍「淵上毛錢のこと」(「読売新聞」熊本版、昭和四十二年二月二十六日)
原田種夫『九州文壇日記』(平成三年二月、叢文社)
原田種夫「九州通信(2)」三十四号、(「日本未来派」昭和二十五年四月)
美村幹『岬の犬』(昭和五十一年十月、葦書房)
伊藤信吉「解説」(『日本の詩歌』第二十六巻、昭和四十五年四月、中央公論社)

暮情　205
梵妻《ぼんさい》の…　174

マ行
御簾《みす》かげへ…　127
皆の衆…　177
麦笛一刻　87, 88
虚しさや…　175
無門　176
毛錢詩稿帖　21, 193, 194, 198, 199, 201, 203
もの陰へ…　169

ヤ行
焼茄子讃歌―暮景参面菜根賦―其弐　140, 149
約束　80, 119, 120, 208
敗れ去り…　174
山之口貘いろ〳〵　35, 48, 51, 65
山桃を…　166
逝く秋や…　177
夢の垢…　268, 270
幼時四季　21, 271, 273
容赦なく…　169

ラ行
ろうまん　77, 78, 79, 80, 82, 85

詩について　175, 177, 249
詩二篇　220
しみじみと…　169
秋思之賦　144
重箱に…　130
秋冷の…　177
重太んどん　100, 102, 104, 121, 123, 135, 278
出発点　11, 195, 235
白き粥　90
新世界より　65
水仙さま　75
背中　132, 265, 266
零　233
痩魂象嵌　152, 199

タ行

大恩の夜　95, 96
大根抒情　79, 81, 82, 85
誕生　57, 108, 119, 262, 265
誕生（詩集）　57, 87, 90, 102, 104, 108, 111, 117, 120, 123, 125, 131, 132, 133, 193, 201, 203, 204, 207, 219, 265, 267, 277
月見草と蟬　112
月夜撞木　152
つつがなく…　130
石蕗くへば…　268, 270
手足より…　175
蝸牛《ででむし》の…　169, 268, 270
てふてふさん　67, 69, 71
時折は…　169
とほせんぼ　20, 190, 246, 277, 278, 279

ナ行

海鼠と山葵　208, 209
なんとなんとなんしよ　190, 278
人参微吟—暮景参面菜根賦—結　140, 146, 149
寝姿　175, 199, 200, 255, 256, 257, 259
野原　112, 115

ハ行

馬車屋の親爺　102, 104, 106, 107, 121, 123, 135
柱時計　194, 205, 206, 208, 213, 214, 282, 283, 286, 287
肌しろき…　177
花乞食　65, 67
腸《はらわた》の　167
腸《はらわた》を…　167
春の汽車　200, 201, 202
春祭り　205, 206
万死　135
ひとすじを…　269
百姓もまた　52, 82, 86, 87, 88, 121, 123, 278
節々に…　167
淵上毛錢詩集　17, 87, 104, 119, 132, 149, 185, 186, 188, 193, 198, 199, 201, 202, 204, 205, 210, 211, 219, 226, 246, 284
淵上毛錢全集　126, 130, 178, 240
不動　202, 203
冬がくる　79, 80, 82, 85
冬の子守唄—老婆のうたふ　121, 135, 190, 278
ぶらんこ　112, 114, 219, 243, 249, 250, 272
ふるさとの春は…　152, 268, 269
ふるさとの雪を　32, 269
触れ得ざる…　130
包夷抄　140, 144
方向　222
抱擁　153

劉寒吉　62, 260, 277
ルナール　204

詩・エッセイ・俳句索引

詩・エッセイは作品名を，俳句は初句のみを掲げた。

ア行
合図　236
青蜜柑…　269, 270
秋　112, 113, 114
秋風や狐狸の…　231
秋風や納所…　174
秋の夜や…　269
明日　85, 86, 88, 92
雨　8
鮎　184, 185
或ル国　197, 198, 284, 286
行き逢うて…　129, 130, 240, 268, 269
生き残り…　159
何処へも…　169
逸題　117
祈り　112
鰯　224, 226, 280, 281, 282
梅干すや…　268, 270
厭世経（絶筆）　238
縁談　133, 274, 276, 277
お粥　90, 121, 123
おかよ　190, 193

カ行
かかる世を…　269, 270
柿情三趣　175
家系　92, 96, 97, 102, 104
貸し借りの…　240, 287
風　9
風邪　28
河童　9, 190, 278
蟹《がね》しやん　190, 193, 278
雷と泥鰌　228
からみたる…　166
からみつつ…　166
蝶　220
木　220
菊あれば…　269, 270
北風や…　269, 270
金魚　60, 65, 69, 71, 108, 120, 259, 279, 282
きんぴら牛蒡の歌　137, 149
頸飾り　198, 199
ぐみをもて…　168
鯉登り…　130
国籍不明　32
この細き…　130
こほろぎ　227

サ行
再生　271, 279
魚売り　190
さからはず…　177
散策　196
地唸《うな》りの…　166
しぐるるや…　154, 269
自己放棄　176
死算　239, 286, 287
詩想蝶　157, 159, 160, 164, 165, 166, 169, 171, 172, 174, 177

淵上祈弩子　152, 153, 157, 159, 165, 166, 190
淵上清（吉清）　14, 77
渕上清園　19, 33, 152, 180, 193, 239, 240
淵上聳　153, 165, 166, 175, 190
淵上夕子　14, 15, 16, 29, 42, 43, 70, 77, 98, 108, 128
淵上千寿　14, 56, 108
淵上千美　14, 54
淵上（中村）ミチヱ　150, 151, 152, 153, 157, 158, 159, 162, 163, 164, 165, 190, 235, 236, 239
淵上黙示　153, 165
淵上吉敏　16
淵上代美　14, 19, 178, 240
不動太郎　173
古川嘉一　87, 179, 180, 181, 182, 183, 185, 186, 187, 204, 211
古谷綱武　207
逸見猶吉　51, 72
北条民雄　73
ボードレール　282
星野順一　211
堀田善衛　73
本間六三　44, 212, 213, 214, 230, 231, 233

マ行
正岡子規　109, 182, 269
松尾純齊　14
松尾譲　42, 43
松下さん　18, 39
丸山豊　73, 76, 211
三木露風　62
三島由紀夫　208, 209, 210
水原秋桜子　129
三富朽葉　62
三原稲子　129
美村幹　250, 254
宮崎主蔵　178
宮崎ヒサ子　240
宮崎龍介　34
宮崎（淵上）代美　240
宮柊二　73
三好豊一郎　73
村野四郎　51, 204
元山重太郎（重太んどん）　99, 100, 102
森鷗外　163
森田しげ　32, 33, 42, 43, 155
森田緑雨　143, 144

ヤ行
安岡章太郎　73, 74
柳原白蓮　34
山内龍　224, 226, 252
山口重珍　45
山口誓子　204
山下陸奥　56
山田牙城　64
山之口貘（山口重三郎）　34, 35, 44, 45, 46, 47, 48, 49, 50, 51, 72, 105, 106, 107, 109, 111, 113, 126, 212, 214, 215, 216, 217, 218, 219, 265
山村暮鳥　62, 116, 117
矢山哲治　73, 74
ユージン・スミス　252
吉岡実　73
吉崎直彦　55, 57, 58, 59, 77, 214, 264, 265
吉崎炎　59, 265
吉田兼好　173
吉本隆明　51, 52, 53, 72, 82

ラ行
ラフォルグ　205

桜井春樹　24, 26, 27
佐古純一郎　73
サトウハチロー　45
佐藤春夫　46, 48, 49, 140
椎名鱗三　73, 74
島尾敏雄　73, 74
島田磬也　277
庄野潤三　73, 74
鈴木貫太郎　213
関根弘　73

タ行

高木恭造　279
高田渡　44
高橋新吉　46
高橋輝雄　186, 203
高群逸枝　255, 256
多賀谷伊徳　152, 153, 193
高山君　25
滝本泰三　188, 189, 190, 192, 193, 278
武田泰淳　73, 74
竹中郁　51
立原道造　73
辰野隆　187, 188, 204
田中房枝　77, 128, 129, 130, 131, 150
種田山頭火　265, 267
谷川雁（巌）　76, 211, 252, 254, 256
谷川健一　252, 254, 256
谷川俊太郎　44
田宮虎彦　73
田村泰次郎　73
檀一雄　73
津川公治　173
徳富蘇峰　56, 251, 254, 256
徳冨蘆花　56, 251, 254, 256
徳永正　56, 57, 269

ナ行

永瀬清子　204
中村真一郎　73
中村光夫　73
夏目漱石　208
成田定　19
成田ヨシ　19, 30, 33, 42
西脇順三郎　51, 204
野口雨情　62
野間宏　73, 74

ハ行

萩嶺強　243, 244
橋本憲三　255, 256
初山滋　204
浜崎君　26
林逸馬　63
林田節子　129
原善一郎　37
原田種夫　61, 62, 63, 64, 65, 75, 110, 111, 112, 117, 119, 120, 123, 144, 187, 188, 211, 226, 227, 232, 241, 260, 261, 265, 277
春山行夫　51, 186
火野葦平　13, 16, 17, 27, 30, 32, 35, 43, 62, 63, 64, 151, 187, 188, 211, 213, 214, 217, 229, 260
深水吉衛　16, 17, 29, 30, 42, 54, 56, 63, 159, 187, 210, 211, 217, 218, 222, 234, 235, 239, 240
深水（火野）さとみ　17, 211, 217
深水恒子　159
深水吉毅　56
福田恆存　73
福永武彦　73
淵上潮　14, 42, 54
淵上庚　14, 42, 77, 86

人名索引

ア行

赤崎覚　210, 211
阿川弘之　73
秋山六郎兵衛　63, 260
芥川龍之介　34, 36, 37
鮎川信夫　73
荒木精之　77, 231
荒正人　73
安西均　73
安藤一郎　208
安東次男　73
池尾寧　216, 241
石原吉郎　73
石牟礼道子　211, 253, 254, 256,
一瀬久雄　222
伊東静雄　204, 207
伊藤信吉　283
伊藤伝右衛門　34
茨木のり子　47
伊福部隆彦　45
井伏鱒二　208
岩佐東一郎　224
岩下俊作　62, 204, 260
岩橋正三　33, 39, 55, 56
上田幸法　175, 176, 180, 223
牛島三郎　151, 152, 199, 246
梅崎春生　73, 74
浦瀬白雨　63
岡崎清一郎　51, 72
尾形亀之助　51, 72
緒方昇　188
小川芋銭（牛里，茂吉）　117, 173, 174
小熊秀雄　51, 72
尾崎行雄　173
織田作之助　73
小野十三郎　207
小野八重三郎　17, 32, 33, 34, 35, 36, 37, 38, 39, 42, 43, 44, 49, 50, 97, 102, 104, 113, 123, 124, 125, 128, 130, 149, 150, 186, 212, 213, 230, 232, 241

カ行

梶浦正之　109, 111, 265
柏木敏治　201
風木雲太郎　227
片岡久恵　187
勝野ふじ子　73, 75
加藤介春　62, 109, 111, 112, 113, 117, 119, 120, 123, 265
加藤周一　73
金子光晴　186
河合栄治郎　36
川端康成　209
蒲原有明　204
北園克衛　51
北畠八穂　208
北原白秋　44
木戸先生　39
草野心平　51, 72
黒木安孝　223
幸徳秋水　252
小島信夫　73, 74
小林秀雄　63
コルビュール　205
近藤芳美　73

サ行

西条八十　204

著者略歴

前山光則（まえやま・みつのり）

一九四七年、熊本県人吉市生まれ。
一九七二年、法政大学第二文学部日本文学科卒。
元高校教師。現在、熊本県八代市在住。

著書『この指に止まれ』『球磨川物語』『山里の酒』（以上、葦書房）、『山頭火を読む』（海鳥社）、『若山牧水への旅――ふるさとの鐘』（弦書房）。共著に『九州の峠』（葦書房）、『山里に生きる・川里に暮らす――東郷町民俗誌』（宮崎県日向市）、『球磨焼酎――本格焼酎の源流から』『昭和の貌――《あの頃》を撮る』（以上、弦書房）、編著に『淵上毛銭詩集』『古川嘉一詩集』（以上、石風社）など。

生《い》きた、臥《ね》た、書《か》いた
――淵上毛銭《ふちがみもうせん》の詩と生涯

二〇一五年十一月三十日発行

著　者　前山光則
発行者　小野静男
発行所　株式会社 弦書房
〒810-0041
福岡市中央区大名二―二―四三
ELK大名ビル三〇一
電　話　〇九二・七二六・九八八五
FAX　〇九二・七二六・九八八六

印刷・製本　シナノ書籍印刷株式会社

ISBN978-4-86329-129-4 C0095

◆弦書房の本

昭和の貌　《あの頃》を撮る
【第35回熊日出版文化賞】

麦島勝【写真】／前山光則【文】　「あの頃」の記憶を記録した335点の写真は語る。戦後復興期から高度経済成長期の中で、確かにあったあの顔、あの風景、あの心。昭和二〇〜三〇年代を活写した写真群の中に平成が失った〈何か〉がある。〈Ａ５判・２８０頁〉**２２００円**

若山牧水への旅　ふるさとの鐘

前山光則　《故郷・自然・生活・家族》を詠んだ若山牧水。生涯にわたり自分をとらえて離さなかった「ふるさと」を考え続け、多くの作品を遺した。その足跡を丹念に訪ね、歌に込められた深い意味をさぐりながら、生き方、心に迫る評伝。〈四六判・２５０頁〉**１８００円**

球磨焼酎　本格焼酎の源流から
【第34回熊日出版文化賞】

球磨焼酎酒造組合［編］　《焼酎の中の焼酎》米から生まれる米焼酎の世界を掘り起こす。五〇〇年の歴史をたどり製法や風土の特性を通して球磨焼酎の魅力、おいしさの秘密に迫る。球磨焼酎を愛した文人墨客、庶民の呑み方も紹介。〈Ａ５判・２２４頁〉**１９００円**

伊藤野枝と代《だい》準《じゅん》介《すけ》
【第27回地方出版文化功労賞 奨励賞】

矢野寛治　新資料「牟田乃落穂」から甦る伊藤野枝と育ての親・代準介の実像。同時代を生きた大杉栄、辻潤、頭山満らの素顔にも迫る。大杉栄、伊藤野枝研究者必読の書。〈Ａ５判・２５０頁〉**【2刷】２１００円**

三島由紀夫と橋川文三【新装版】

宮嶋繁明　橋川は「戦前」の自己を「罪」とみなし、三島は「戦後」の人生を「罪」と処断した。ふたりの作家は戦後をどのように生きねばならなかったのか。二人の思想と文学を読み解き、生き方の同質性をあぶり出す力作評論。〈四六判・２９０頁〉**２２００円**

＊表示価格は税別